"Não vou me comprometer com a estupidez em voga de considerar tudo o que não posso explicar como uma fraude."

C.G. JUNG

FICHA CATALOGRÁFICA

(Preparada na Editora)

Gagete, Lourdes Carolina, 1942-

G12a Além do véu / Lourdes Carolina Gagete.
Araras, SP, IDE, 1ª edição, 2014.

256 p.

ISBN 978-85-7341-627-5

1. Romance 2. Espiritismo I. Título.

CDD -869.935
-133.9

Índices para catálogo sistemático

1. Romance: Século 21: Literatura brasileira 869.935
2. Espiritismo 133.9

LOURDES CAROLINA GAGETE

ALÉMDOVÉU

ROMANCE ESPÍRITA

ISBN 978-85-7341-627-5
1ª edição - julho/2014

Projeto Editorial:
Jairo Lorenzeti

Revisão de texto:
Mariana Frungilo

Capa:
César França de Oliveira

Diagramação:
Maria Isabel Estéfano Rissi

INSTITUTO DE DIFUSÃO ESPÍRITA - IDE
Av. Otto Barreto, 1067 - Cx. Postal 110
CEP 13600-970 - Araras/SP - Brasil
Fone (19) 3543-2400
CNPJ 44.220.101/0001-43
Inscrição Estadual 182.010.405.118
www.ideeditora.com.br
editorial@ideeditora.com.br

LOURDES CAROLINA GAGETE

ALÉM DO VÉU

ROMANCE ESPÍRITA

ide

SUMÁRIO

1

O SONHO

O passado nem sempre passa.

De um modo geral existem dois tipos de sonhos: do subconsciente, que refletem tudo o que afetou a mente no estado de vigília (anseios, recalques, medos, traumas...) e sonhos reais, que são vivências no plano espiritual: desdobramentos da alma enquanto o corpo físico está adormecido. É comum dizer-se que, todas as noites, ensaiamos a desencarnação definitiva.

O primeiro (do subconsciente) é confuso e sem nexo. Nebuloso. O segundo, o das vivências no plano espiritual, é mais claro e lógico, dependendo, todavia, da evolução de cada um para sua maior clareza.

Enquanto o corpo físico repousa, o Espírito fica mais livre para realizar seus objetivos, seus interesses. Se ainda primário e acostumado a se alimentar de sentimentos vulgares, é atraído para os locais onde possa satisfazer-se. "Onde estiver seu tesouro aí estará seu coração" – disse Jesus. De igual modo, se for um Espírito diferenciado, que luta contra as más tendências e deseja progredir para melhor servir a Deus, irá procurar um ambiente que lhe faculte trabalho e aprendizado. Irá à procura dos bons Espíritos para continuar aprendendo e evoluindo. Sonhos são lembranças vividas (ou imaginadas), válvula de escape das frustrações, dos desejos reprimidos, bem como, realidade vivenciada no mundo dos Espíritos, cujas lembranças afloram ao consciente quando despertamos. Muitas vezes, o dia seguinte reflete as companhias espirituais com as quais convivemos à noite, durante o sono. Acordaremos serenos e descansados, ou atormentados e esgotados.

O sono de Aramis foi agitado. Seu peito arfava. De repente, gritou e acordou suarento e assustado:

"Meu Deus! Que tenho eu a ver com tudo aquilo que vi? Por que essa angústia a me oprimir o peito? Tive a sensação de que estava sendo asfixiado por alguém que me odeia; de que a morte me esperava com seu sorriso cadavérico. Que cidade estranha aquela! Sempre que tenho este pesadelo percebo frieza na expressão de todos. Estavam construindo uma forca. Uma forca para mim. Estarei enlouquecendo? Não. Não me sinto louco ou culpado. De que, afinal, acusam-me? Sei que querem me enforcar".

Aramis procurou se acalmar apesar do grande desconforto. Na sua angústia sentiu que não estava só.

Alguém, solícito, acompanhava-o. Era um ser amigo e amoroso que o reconfortava. Ouviu aquela voz veludínea, feminina, e se emocionou. Sentiu que estava sendo amparado por alguém muito querido ao coração.

"Não sei quem me socorre em minha dor, mas lhe sou eternamente grato. Mas... por que ela me consola?"

Era Aramis um cidadão normal, casado com Clara havia cinco anos. Casaram-se bem jovens; ele, com 22 anos e ela, com 19. Eram felizes, mas a falta de filhos os magoava. Já haviam tido uma filha, Júnia, que não chegou a completar um ano de vida.

Depois, Clara nunca mais engravidou. Vários médicos foram consultados, mas tudo estava bem com ela e com o marido. Foi-lhe sugerido um tratamento psicológico, pois a ansiedade poderia estar influindo nos seus hormônios. Mas iam protelando, afinal, eram ainda bem jovens e poderiam esperar um pouco mais.

Aramis ainda não havia contado a Clara o martírio que era aquele sonho insólito e repetitivo, no qual ele se sentia um réu à beira da morte. Teriam razões aqueles que acham ser o sonho um aviso? Uma premonição? Ou consciência culpada? Mas ele não se lembrava de nenhum ato indigno que o desabonasse. Levava uma vida digna. Era honesto. Fora bom pai enquanto Júnia vivera. Era bom marido e jamais dera a Clara motivos de sofrimento. Tinha, pois, a consciência tranquila. Cria na sobrevivência da alma, embora não admitisse a reencarnação. Na verdade, católico por tradição, temia procurar saber e ter de mudar seus pontos de vista. É bem mais fácil se acomodar, deixar como está. Meditar, procurar verdades, é sempre mais trabalhoso. Mas aquele sonho que se repetia... A aflição que sentia... E aquele amigo espiritual, na verdade uma amiga espiritual que sempre o reconfortava nos seus tormentos, seria o socorro vindo na hora certa?

O grito acordou Clara:

– Aramis! O que está acontecendo? Teve algum sonho ruim?

– Tive. Na verdade, foi um pesadelo. Um pesadelo que me persegue.

Clara acendeu a luz. Sentaram-se na cama.

– Não quer me contar?

E Aramis, pela primeira vez, se dispôs a lhe contar aquele sonho que se repetia sempre e que se lhe colara na mente como um decalque.

– Acalme-se primeiro. Depois você me conta. – E levantou-se para preparar um chá de erva cidreira, que ele bebeu devagar e ainda trêmulo.

– Pode me contar agora?

– Sim, estou mais calmo. Esse sonho tem-se repetido sempre ao longo de minha vida: nele, estou preso em uma rude prisão. O frio é sempre cortante e transforma as pessoas em dragões a soltarem fumaça pela boca e pelo nariz. Fina camada de neve cobre as ruas, um ar gelado entra pelas grades da prisão e sinto-me congelar. O barulho no pátio externo denuncia a azáfama de homens trabalhando. Estão sempre construindo uma forca enquanto falam e riem, antegozando o meu martírio, pois, dizem, serei enforcado no dia seguinte. A excitação dos curiosos e sedentos de novidades é transparente. Sinto-me morto por antecipação. Quero fugir dali. Grito minha inocência, mas ninguém me dá atenção. De repente, o carrasco chega... Crianças gritam e batem palmas. Senhoras de roupa longa e chapéu na cabeça apontam para minha cela. Então, acordo em desespero. Parece um filme de horror.

Clara ficou pensativa. Nunca imaginou que o marido pudesse estar vivendo uma experiência tão insólita. *"Pobre Aramis... que barra!"*

– O que você acha desses sonhos repetitivos, Clara?

– Ultimamente, tenho lido muito sobre existências passadas... Será... talvez... alguma coisa de outra existência, pela qual você passou e que o marcou muito? Terá morrido enforcado?

– Você acredita em reencarnação. Acha que...

– ... podem ser coisas do seu passado espiritual? Acho que essa hipótese não é descartável. Há muita lógica na reencarnação. Não acreditaria em Deus se vivêssemos uma só vida e depois morrêssemos. E veja que as oportunidades não são iguais para todos. Nesse caso, onde a tão falada justiça de Deus? Concorda?

– Nunca pensei muito nessas coisas, mas acho

que sim. As desigualdades de oportunidades são mesmo desumanas. Vivêssemos uma só vida, tivéssemos somente uma oportunidade, onde estaria a justiça? E a criança que morre sem ter ainda consciência de si mesma? Não sei... não gosto de pensar...

Para Aramis, a reencarnação estava fora de cogitação, embora não fosse ateu. Não achava justa a unicidade de existência, mas daí a admitir que pudesse voltar várias vezes...

Clara o abraçou:

– Parece-me que você já desencarnou enforcado em alguma de suas existências. Isso deve tê-lo marcado tanto, que criou clichês espirituais. Marcas profundas no seu inconsciente.

– O mais intrigante é que sei que não morri naquela forca; que fugi daquela prisão sem ter sido castigado pelo crime do qual me acusavam, e que não sei qual foi. Se alguma vez morri enforcado, não foi daquela vez... Mas que bobagem estou falando!

– Não acho bobagem nenhuma. E a tal voz espiritual que fala com você? Como explicar? Ela sempre lhe fala nesses pesadelos?

– Sim! Nos momentos mais angustiantes, essa amiga fala comigo. Estranho é que me estimula a refletir sobre a pluralidade das existências. Mas, quando percebe que não acredito nisso, afasta-se contrariada.

Clara ficou pensativa:

– Tudo isso faz muito sentido. Sempre ouvi

dizer que, quando chega o momento, a evolução nos empurra...

– Ora, Clara, você está se saindo uma filósofa!

– Da próxima vez que você ouvir a voz, logo ao acordar, concentre-se, ore e peça alguma informação. Quem sabe você não terá alguma inspiração?

– Quem poderá saber...?

Aramis e Clara ressentiam-se profundamente da falta de Júnia. Apesar de terem convivido com ela por tão pouco tempo, sentiam saudades daquela presença em suas vidas. Queriam ser uma família completa.

Decidiram, então, que Clara faria um tratamento. Depois disso, se mesmo assim não adiantasse, adotariam.

– Talvez você não engravide por ansiedade. Já ouvi casos onde isso aconteceu. Quem sabe, depois de termos um filho adotivo, a ansiedade passe e, então, teremos filhos biológicos.

Mas por mais que tentassem se conformar com aquela situação, quase que diariamente, a conversa girava em torno do mesmo assunto.

E os dias iam passando. O casamento caindo em desencanto e a tortura de Clara cada vez que constatava que mais um mês se passara, e ela não conseguira engravidar. *"Meu Deus! Sou uma árvore que não dá frutos. Aramis anda triste..."*

Naquela manhã, Aramis estava de péssimo humor, sem conseguir se concentrar no trabalho.

– Você está estressado, Aramis. Não quer tomar uma cerveja depois do expediente? – perguntou Andrezza, uma colega.

Aramis desculpou-se e não aceitou o convite. Percebia que a moça fazia de tudo para chamar sua atenção. Praticamente, oferecia-se a ele.

Obstinada, ela insistiu:

– Ora, Aramis, que mal poderá fazer uma cervejinha inocente? Conheço um barzinho *da hora*. Você precisa se divertir um pouco. Afinal, não é só de pão que vive o homem!

– Não é só de pão que vive o homem... – repetiu compassadamente.

Lembrou-se da amiga espiritual. Ela já lhe dissera isso logo após um de seus mais recentes pesadelos. Nesse momento, ele chegou a vislumbrar dois olhos cheios de amor sobre ele.

Aquela voz tão familiar... O grande reconforto que sentia ao ouvi-la... Agora ele sabia. Era sua filha Júnia que, da espiritualidade, tentava livrá-lo daquele processo obsessivo.

– A voz de Júnia... Os olhos de Júnia... Meu Deus!

– Que olhos?! Aramis, você está bem? – perguntou Andrezza, estranhando a referência a um assunto ausente no diálogo.

– Nada não, Andrezza. Desculpe-me. Estava divagando.

– Está vendo? Você está estressado. Mais um motivo para aceitar o meu convite. Vamos lá. Não aceito um não como resposta.

Aramis ainda tentou desconversar. Não lhe agradava a ideia de sair com Andrezza. Amava Clara e, justamente naquele dia, pretendia chegar cedo, pois fora desatencioso com ela pela manhã. Bem notara o olhar angustiado dela diante de sua cara fechada. Pretendia passar em uma floricultura e levar-lhe algumas rosas. O melhor das rusgas conjugais é a hora das pazes.

Um colega de ambos foi chamado por Andrezza:

– Olha só, Mário. O Aramis não quer aceitar meu convite para um *happy hour*. Não quer me ajudar a convencê-lo?

– Ora, Aramis! Que bicho o mordeu? Eu, hein? Mas vem cá, Andrezza. O convite é só pro Aramis? Eu estou disponível e tão carente...

– Engraçadinho... O convite é só pro Aramis, sim.

– Ahnn... Saquei.

– Não é o que a sua mente suja está pensando, Mário. Só convidei o Aramis, porque ele está com alguns problemas.

– Sabe que eu também estou cheio de problemas...

– Andrezza, fica mesmo para outro dia. Hoje, prometi a Clara chegar cedo – mentiu Aramis.

– O.K. Mas vai ter de me prometer que, qualquer dia desses, vamos sentar e conversar. Estou preocupada com você, meu amigo.

– Não vale a pena se preocupar comigo, Andrezza. Sou um caso perdido.

Andrezza, tão logo conheceu Aramis, sentiu que alguma coisa despertou dentro dela. Alguma coisa que não sabia explicar, que era um misto de revolta, frustração, medo, atração.

Com a convivência, percebeu que ele era amável e acessível. Então, o medo e a revolta que, sem saber explicar sentira, foram-se esmaecendo; jogados lá no seu *porão* mental. Sufocados. Mas a atração exacerbou-se. *"Gosto desse cara"*.

Um dia, em que o observava disfarçadamente de sua escrivaninha, uma colega aproximou-se:

– Ah... O amor é lindo! Por que não cria coragem e o conquista de vez? Fica aí, como uma Julieta apaixonada... Sem nada fazer... Vá à luta, menina!

– Mas ele é casado.

– E daí? Já ouviu falar em divórcio?

– Não sei se quero realmente isso. Ele me desperta sentimentos contraditórios.

– Iiiiiii... Não me venha com situações difíceis de entender. Você sabe que tenho ojeriza por questões psicológicas. Nunca ninguém sabe nada. Tudo é possível e tudo é impossível... Por isso sou formada em Matemática, na qual dois mais dois são quatro e sempre serão quatro. Ali. Na bucha. Sem subjetividade. Pa...pum.

Andrezza riu.

– Só você, amiga, pra me fazer rir. Mas não tem nada de complicado.

– Não? E os tais sentimentos contraditórios? Você ama e não ama? Quer e não quer ao mesmo tempo?! Quer coisa mais doida do que isso?

– Tá certo. Vou mandar meus receios pro espaço. Vou à luta!

E ela foi à luta. Só não tinha muita certeza se queria vencer ou não. Os tais sentimentos contraditórios...

A sós com Aramis, Mário comentou:

– Parece que as mulheres gostam de homens sofredores... Difíceis... Preciso mudar. Parecer problemático... Coitadinho...

– Deve ser por instinto materno. Mas a Andrezza... Bem sei os motivos dela... Aquilo é só veneno.

– Não está achando que ela...

– Deixa pra lá.

– Ah, se fosse comigo. Andrezza é um mulherão!

Aramis despediu-se. Naquele dia, chegou a casa mais cedo e com uma braçada de rosas vermelhas. Clara havia preparado um jantar caprichado.

Diante das rosas vermelhas e do carinho do marido, ela se emocionou, mas estava magoada com a forma com que ele a vinha tratando ultimamente. Estaria ele inculpando-a pela dificuldade em engravidar?

– Clara, não fique zangada. Não sei o que me dá de vez em quando. Eu a amo muito, apesar de às vezes agir como uma besta.

– É uma maneira bem estranha de amar, essa sua.

– Você está amarga hoje, Clara. Está ainda ressentida pelo meu mau humor da manhã? Olhe, vou-lhe comprar um presente como pedido de desculpas, está bem?

Melhor seria se Aramis tivesse ficado de boca fechada. Foi uma ideia infeliz falar aquilo.

– Ora! Poupe-me! Não estou interessada em presentes. Sua presença, sim, seria o melhor presente. Você tem chegado tarde quase todos os dias! Não sou criança que pode ser agradada com um presente e tudo bem.

– É que tenho tido muito trabalho.

– Muito trabalho... Não pode ser mais original?

– Quer saber? Vou dormir no sofá! Você está com a TPM, e não estou disposto a brigar.

Clara arrependeu-se. Mas compreendeu que o casamento não ia bem. No entanto, amavam-se. E muito.

2

FÉRIAS INFELIZES

A vida é semelhante a um livro que vamos escrevendo.
Determinados capítulos nos apassivam a alma
e tomam as rédeas da narrativa.

Clara vestia um roupão branco. Havia acabado de sair do banho e tinha os cabelos ainda molhados. Olhou pela janela e não viu viva alma. Todos haviam saído para uma festa de aniversário, mas ela resolvera ficar em casa a fim de terminar de ler um livro interessante. Na verdade, não gostava de festas de aniversário de crianças. Lembrava sempre de Júnia.

Ela, Aramis e alguns amigos estavam passando férias na casa de campo do avô de uma das amigas. Colchonetes espalhados por toda a casa eram testemunhas de que os três quartos não foram suficientes para tantos hóspedes.

Clara acendeu as luzes do jardim, do quintal e da casa toda. Detestava o escuro. Então, ouviu um ruído no quintal, perto da churrasqueira.

"Meu Deus! O que foi isso? Deve ser algum cachorro procurando carne".

Ficou quieta por alguns minutos. Espiou pela fresta da janela, sem coragem de sair para verificar. Não conseguiu ver nada. O céu, completamente encoberto por nuvens tempestuosas, parecia que, a qualquer momento, baixaria à Terra. O medo foi chegando e com ele a sensação de impotência.

"Mas que medo estúpido é este agora? Por que estou trêmula? O que pode me acontecer aqui, no interior... em uma cidadezinha tão pequena e pacata?" – dizia a si mesma para se convencer. Mas logo, resolveu que verificaria a procedência do barulho, caso contrário seria pior; ficaria imaginando coisas e não teria mais sossego. Quando ia abrir a porta da cozinha... outro ruído; mais perto. Sentiu um pavor tão grande, que sua boca amargou. Não só não abriu a porta como também girou uma trava avulsa. Ficou paralisada, muda, ouvindo a própria respiração. Nada mais ouviu.

De repente, alguma coisa entrou pela janela. O ruído da veneziana semiaberta fez seu coração disparar. Soltou um grito, quase desfalecendo.

Era um gato.

Arrependeu-se de ficar ali, sozinha. Aramis insistira para que ela os acompanhasse, e ante sua teimosia em ficar, ele nem queria mais ir, mas ela disse que preferia ficar sozinha para ler e descansar. *"Ah, como me arrependo! Vou telefonar pro Aramis e pedir que ele venha me buscar".*

Mas, naquele mesmo momento, julgou ouvir passos na escada da sala que dava para a piscina. *"Meu Deus! Desta vez, não é nenhum gato. Que faço?"*

– Quem está aí? – gritou.

Silêncio.

Espiou pela porta de vidro da varanda, e não viu nada. Bem verdade que tinha a visão limitada pelos arbustos.

Coração aos pulos, verificou se portas e janelas estavam bem trancadas. Puxou as cortinas, com medo de olhar para fora. Resolutamente, pegou o telefone. Ligaria para Aramis vir o mais rápido possível.

O telefone estava mudo. *"Não acredito! Ainda há pouco, ele estava funcionando! Azar pouco é bobagem".*

"O celular... – correu para o quarto. Nunca aquele pequeno objeto lhe pareceu tão grande. **Sem serviço.** – *Deus do céu! Nunca precisei tanto deste traste... agora... que talvez minha vida dependa dele...* **Sem serviço.** *É muito azar para um só dia".*

Depois de várias tentativas, desistiu. Foi para a sala. Tentou rezar, mas as palavras se lhe embaralhavam na mente. Aguçou os ouvidos. Nenhum ruído. Voltou para a cozinha e pegou um copo d'água. Tomaria um calmante para relaxar. *"O medo faz dessas coisas. Não há nada de errado. O barulho na churrasqueira, os passos na escada... tudo efeito do medo. Está tudo bem... tudo bem... não tem ninguém lá fora... acalme-se..."* – assim, tentava se convencer.

Dois comprimidos para dormir. E, quando acordasse, todos já estariam de volta. Haveriam de rir de seus medos. Podia até imaginar Aramis dizendo: *"Bem feito! Não quis ir com a gente... Preferiu ficar curtindo solidão e silêncio..."*

Os cabelos estavam ainda molhados. Ela pensou em usar o secador, mas... *"E se os passos voltarem e eu não os ouvir por causa do barulho? Meu secador parece um motor de Boeing. Melhor secar só com a toalha"*.

Não fez uma coisa nem outra. Após engolir os comprimidos, foi checar mais uma vez as portas e janelas. Tudo trancado. Afastou um pouco as cortinas e espiou lá fora. Nada. O silêncio só não era total pela sinfonia dos sapos, que sempre se assanhavam àquela hora, na lagoa próxima.

Estava voltando para o quarto, com o livro na mão, quando ouviu novamente. Prendeu a respiração para ouvir melhor. Alguém caminhava ao redor da casa. Não havia dúvida. Alguém estava ali com intenções de entrar. E o gosto amargo lhe tornou à boca. Adrenalina a mil fazia o coração pular no peito. Correu novamente para o telefone. "Meu Deus! Faça com que já esteja funcionando!".

SEM SERVIÇO.

"Ajude-me, Jesus querido! Bons Espíritos. Anjos de guarda!".

Apesar das rogativas, ambos os telefones

permaneciam mudos. E a cabeça de Clara principiava a pesar. O calmante começava a agir.

"Não posso. Não posso dormir agora. Por que fui tomar logo dois? Um café. Será que, se eu tomar um café, corto o efeito do calmante? Café tira o sono..."

Dirigiu-se molemente, arrastando os pés e escorando-se pelas paredes.

"Onde estão os apetrechos de fazer café? Malditos calmantes!" – E sua cabeça rodava... rodava...

Voltou para o quarto e desabou na cama.

Então... o homem entrou.

3

O ESTUPRO

A dor tanto pode ser cármica como teste necessário para aferir aprendizado.

Clara deu um grito abafado e desmaiou.

Quando voltou a si, estava amparada por um homem que a obrigava a cheirar álcool. Era um homem ainda jovem, aparentava, no máximo, trinta anos. Mancava um pouco de uma perna. Pele clara. Vestia roupas grosseiras e usava grandes óculos escuros. Na cabeça, um boné. Tinha cabelos compridos, castanhos e lisos, preso em um rabo de cavalo e passado pelo espaçador detrás do boné. Sua boca pendia ligeiramente para um dos lados, consequência de um recente acidente vascular cerebral. Falava gentilmente com Clara.

– Desde que vi você, hoje de manhã na piscina, que não consigo tirá-la do pensamento. Sabendo-se tão bonita, faz muito mal em vestir um biquíni tão pequeno... Não tem pena dos que só podem olhar?

À medida que falava, tentava tirar o roupão de Clara que, apavorada, debatia-se e tentava fugir. Mas era a luta de uma andorinha contra uma águia. *"O maldito calmante... Em má hora fui tomá-lo... Que idiota que eu sou..."*

– Por favor, sou uma mulher casada. Tenha piedade...

Ele a interrompeu:

– E daí que é casada? Sei disso. Conheço o paspalhão do seu marido. Onde ele está agora? Não pense mais nele, minha cara. Vamos, pare de tremer que isso me dá nos nervos. Vou ser bacana com você, não há razão pra chilique.

Clara tentava raciocinar com calma, porém, sua cabeça estava como que envolta por uma nuvem. Uma nuvem tão densa como a que ameaçava cair lá fora a qualquer momento.

O homem pegou-a no colo como se ela fosse uma criança.

– Não tenha medo! Você não é nenhuma virgenzinha... Não pretendo machucá-la. Vamos, pare de tremer. Vamos aproveitar enquanto o maridão está na festa.

Clara, apesar da confusão mental, lutava para não adormecer. *"Meu Deus! Não me deixe dormir"*.

– Isso... Assim mesmo. Fique boazinha. Não sou grosseiro, você vai ver... Sou carinhoso e incapaz de ferir alguém. Veja, vou colocar o punhal aqui. Fique tranquila.

– Não! Não! Não! Por tudo que você tem de mais sagrado na vida vá embora. Prometo não dar queixa à polícia. Sequer contarei a meu marido. Ninguém, eu juro, vai ficar sabendo. Saia daqui. Eles podem chegar a qualquer momento e vai ser uma desgraça.

O homem riu.

– Chegar a qualquer momento? De que jeito?

Clara arregalou os olhos.

– Por que diz isso? Que fez a eles? Seu desgraçado... Degenerado maldito! Largue-me em nome de nosso senhor Jesus Cristo!

O homem não se comoveu.

– Eles sabem montar cavalos? Porque os carros ficaram todos impossibilitados de andar. Já fui mecânico, meu bem. Eles estavam se divertindo tanto na festa, que fiz o serviço numa boa.

Clara ficou ainda mais chocada. Tentou agredi-lo a unhadas. Na luta, os óculos escuros dele caíram, e ela reconheceu o homem. Era Jairo, o filho do caseiro, que viera pela manhã trazer a carne e o carvão que Aramis encomendara. Tipo desqualificado. Vira-a na espreguiçadeira tomando sol no *deck* da piscina. Na saída, passou bem perto dela, encarando-a. Ela sentiu-se mal com aquilo, mas não quis comentar nada. Não queria estragar a festa. Conhecia o gênio do marido, e depois – pensou –, o mal-encarado já se fora com sua indiscrição. Isso era o bastante.

O homem guardou os óculos no bolso da camisa.

Apanhou o punhal. Clara achou que estava tudo acabado. Agora que ela lhe vira o rosto, com certeza não a deixaria viva. *"Deus! Tenha piedade de mim!"*

– Olhe aqui, belezinha! Paciência tem limite! E a minha já acabou. Está vendo este punhal? É pequeno, mas corta bem...

Dominou-a com facilidade e só depois de saciado a deixou. Antes de sair, disse-lhe:

– Preste atenção! Eu poderia acabar com você agora mesmo. Bastava circular este lindo pescoço ou cravar isto aqui no seu coraçãozinho... – e, com o punhal preso nos dentes, circulou o pescoço de Clara.

– Pelo amor de Deus, não! Não quero morrer... Tenha piedade...

Clara estava em pânico. Orava, em pensamento, pedindo a ajuda de Deus, de Jesus, de todos os santos, de todos os bons Espíritos.

Um trovão estremeceu a casa e, coincidência ou não, as mãos do estuprador caíram inertes. Depois, tênue claridade formou-se no quarto, junto à cama de Clara. Ambos ficaram boquiabertos, e a luz, até então amorfa, foi tomando uma forma estranha, da qual sobressaíam asas translúcidas. Expectantes, nenhum dos dois conseguia falar. Só os olhos giravam nas órbitas.

Tal aparição durou apenas alguns segundos. Nem Clara nem o estuprador conseguiram reagir. Ficaram como que petrificados.

Depois de um tempo, ambos se olharam.

– Você viu o que eu vi? – perguntou o homem.

Clara chorava. Aproveitou o momento para tentar escapar. Em vão. As pernas não obedeciam. Jairo parecia amedrontado:

– Que coisa mais estranha! Acho que não estou bom da cabeça...

"Parecia um grande pássaro. Uma águia gigantesca. Ou, talvez... um anjo do senhor" – pensava Clara.

– Eu não sei o que era... – disse o homem, quase num sussurro.

Estava pálido e trêmulo. Por alguns instantes, olhou Clara quase com piedade. Mas foi só um momento.

– Agora, por favor, vá-se embora. Deixe-me em paz. Não viu o poder de Deus? Eu pedi ajuda... Obrigada, meu Deus. Por mais anos que eu viva, jamais esquecerei o que aqui se passou hoje. Tive uma imensa dor e uma imensa alegria logo depois – e se pôs a chorar.

Pouco durou a brandura do invasor, ele levantou-se e disse:

– Isso que aconteceu, com certeza, foi ilusão de ótica. O trovão nos assustou, e vimos coisas. Já me aconteceu coisa parecida antes... Era só o que me faltava! Ver coisas do outro mundo... Tolices. Coisa de comadres.

– Não importa. Vá embora. Por piedade, antes que todos regressem e encontrem você aqui.

– Está bem. Você se salvou. Aquela "coisa" idiota me desestimulou a apertar seu pescoço, mas, se contar ao maridão, o azar será todo seu. Nunca matei ninguém, mas posso começar por ele. Depois, com ou sem mágica do outro mundo, será a sua vez. Então, não abra o bico, belezinha. E olhe... Obrigado. Amanhã, nos veremos. Vista aquele biquíni. Você fica uma graça nele.

Clara estava mortificada e nada respondeu, mas o homem sabia que ela nada falaria. Sempre fora assim com as outras.

Assim que ele se foi, ela se levantou. Estava estonteada e precisou se segurar para não cair. Não podia crer que aquele canalha deixara em suas entranhas seu visco nojento! Então, o ódio se lhe instalou na alma e, qual corrosivo, devorava-a impiedosamente. Nem a constatação da ajuda que os Céus lhe enviaram a fim de preservar-lhe a vida foi suficiente para abrandar sua dor e sua revolta.

Já agora o sono se fora, e sua alma tornara-se árida. Seus olhos se contraíram não deixando cair uma lágrima sequer. Debaixo do chuveiro ainda se perguntava se realmente aquilo tudo havia acontecido. Já ouvira falar de mulheres estupradas, mas o que sentia ia além de qualquer imaginação. Desejou morrer. Esquecer... Mas as lembranças haveriam de macular sua mente durante muitos anos, ela bem sabia.

Pensou no marido. Como esconder dele uma coisa tão grave? Como poderia olhar em seus olhos e não se denunciar? Como viver dali para a frente, com aquelas lembranças a lhe fustigar a alma? E... como se limpar da sujidade que tal monstro deixara em suas entranhas?

"Meu Deus! O que devo fazer? Se contar, Aramis vai querer saber quem é o desgraçado; irá à polícia; não ligará a mínima para as ameaças de morte que ele fez... E pode acontecer o pior: Aramis pode tornar-se um assassino. Será preso. E nossa vida ruirá..."

Meia hora debaixo do chuveiro. Lágrimas e revolta. Toda água era insuficiente para limpar seu corpo.

De volta ao quarto, ainda sentia a presença da entidade espiritual ali. Sentiu-se protegida. *"Obrigada, meu Deus, sei que mandastes um anjo de luz para me ajudar. Embora eu não seja merecedora de tal bondade, agradeço-vos do fundo de minha alma e procurarei tudo fazer, doravante, para continuar sendo merecedora do vosso amor".*

Chorou até adormecer.

Lá fora, os primeiros pingos de chuva começavam a cair.

4

SONHO CONSOLADOR

"A lei dos agrupamentos no Espaço é a das afinidades. A ela estão sujeitos todos os Espíritos." (Léon Denis)

Pela porta do sono, Clara deixou seu corpo descansando sobre a cama para viver com maior liberdade a vida espiritual.

O corpo é a prisão do Espírito e por isso tem seu poder de ação limitado. É como se estivesse duas vezes aprisionado: dentro do corpo e no espaço físico onde é chamado a viver, ou seja, o planeta Terra.

Uma vez parcialmente liberto pelo sono físico, ele se livra temporariamente das amarras e pode excursionar mais à vontade. Conforme seu grau de desenvolvimento, estará livre para agir com mais liberdade no mundo espiritual, que é o seu verdadeiro lar, de onde saiu para a reencarnação e para onde voltará depois do estágio no corpo carnal.

Tem-nos a vida ensinado que diante de algum

problema aparentemente insolúvel convém deixá-lo "de molho" por algum tempo e esperar o sono da noite. Na manhã seguinte, com certeza, encontraremos a solução; o entendimento.

À noite, quando o corpo físico repousa, dilatam-se as potencialidades do Espírito. O que ele não percebia quando encarcerado no veículo físico, na azáfama do dia a dia, agora mais livre, consegue perceber. Então, o tamanho do problema é diminuído. Ademais, contará sempre com uma ajuda mais direta do seu guia espiritual, que o orientará sobre o melhor a fazer. E ele poderá, então, ver **além do véu**.

Durante o dia, a vivência noturna retorna, e ele diz a si mesmo: *"Tive uma grande ideia! Não sei como não pensei nisso antes"*.

Todavia, como tudo no mundo obedece a certos princípios; como os semelhantes se atraem; como, espiritualmente, só podemos ver e ouvir se houver sintonia, só encontraremos uma solução positiva se procurarmos as companhias espirituais certas; se conseguirmos sair do terra a terra e buscar ajuda com aqueles que realmente podem nos ajudar, principalmente com nosso guia espiritual, sempre amigo, a nos desejar o bem.

Como acontece quando estamos acordados e vamos aonde temos vontade de ir, durante o sono ocorre a mesma coisa: aonde nos empurram as nossas tendências, lá vamos nós. Assim, quantas vezes, ao invés de procurar boa companhia, o Espírito, parcialmente liberto, corre em busca de baixas sensações, prazeres, ilusões... E quando acorda, longe de ter encontrado a solução para o seu problema, tem-no ainda mais agravado.

Clara estava em ascensão espiritual. Muito já sofrera antes desta reencarnação e, embora ainda estivesse longe da angelitude, tudo indicava que sairia com saldo positivo da atual existência.

A agressão da qual fora vítima havia poucos minutos, deixara-lhe sequela na alma. Estava tremendamente infeliz e insegura. Procurou um lugar tranquilo. Queria pensar. Só depois procuraria alguém para lhe esclarecer o motivo pelo qual fora tão covardemente violentada.

O lugar onde se sentara não era tão longe da casa onde deixara o corpo físico adormecido.

Um rio murmurava a seus pés. Não longe, uma pequena praia de areia branca. Pedras. Muitas pedras dispostas em círculos, formando bancos para uma reunião junto à Natureza.

Clara se lembrou de que estava suja; que carregava nas entranhas a nódoa do agressor; que o banho de chuveiro não fora suficiente para limpá-la.

Então, mergulhou naquelas águas iluminadas pela Lua.

Ao sair, sentiu-se, enfim, limpa. Sentou-se na areia branca e fina e pensou naquela estranha aparição. Teria sido mesmo um Espírito do Senhor a protegê-la? Buscava suas respostas quando viu caminhando em sua direção uma criatura. Vestia túnica de vapor, assim lhe pareceu. Seu caminhar era etéreo e mal tocava o chão.

Clara, num gesto de respeito, levantou-se e tentou ficar tranquila.

– Gostou do banho, Clara? – perguntou-lhe o Espírito.

– Muito. A água aqui é medicinal. Conseguiu me limpar daquela imundície. Você sabe o que me aconteceu? Acha justa tal monstruosidade? Como você se chama? – falou, atropelando as palavras.

– Fique calma, Clara. Sou Esther. Já está pronta para conversar, não está?

– Minha boa amiga, preciso que você me explique. Estou confusa. Que fiz eu para merecer tal castigo? – e começou a chorar.

Esther esperou que ela se acalmasse. Deixou-a chorar, pois seria bom que chorasse para aliviar a tensão. Abraçou-a ternamente:

– Não tome essa experiência como castigo. Você bem sabe que Deus não tem desses sentimentos humanos. Não há castigos ou prêmios divinos. Tudo caminha dentro da Lei estabelecida por Ele.

– Como posso, então, entender?

A entidade espiritual tomou-a pela mão e a levou até as pedras. Sentaram-se. O Céu estava vestido com uma colcha de luz; a Lua projetava sua imagem nas águas do rio, como uma dama vaidosa que quisesse se certificar de que continuava linda e resplandecente. Vento suave beijava a flor d'água, formando pequenas ondas.

Clara, agora mais livre da influência corpórea, queria compreender o que lhe acontecera. Se não fora castigo de Deus, então... o que pensar?

– Esther... sei que não sou santa, que tenho erros, mas Deus é testemunha do quanto tenho lutado para me tornar melhor. Por que isso aconteceu? Agora, sinto que tudo vai mudar em minha vida. Não sei como lidar com isso... Não sei como viver... As lembranças... Aquele homem me tocando, desrespeitando-me. O hálito quente em minha boca... Oh, Deus! Por que permitistes?

– Tranquilize-se. Já passou. Passou. Não alimente as lembranças, pois isso fará você sofrer novamente, além de fortalecê-las; de aprofundar raízes.

– Sempre procurei agir no bem, mas acho que este mundo é dos maus.

Diante da revolta incontida de Clara, Esther lhe explicou:

– Minha querida, desde quando temos a sabedoria de Deus para julgar sem possibilidade de cometer injustiças? Desde quando nosso intelecto se divinizou a ponto de vermos tudo com retidão? Coerência... lógica?

Clara compreendeu. Só Deus é o senhor da verdade pura e integral.

– Perdoe-me. Você está certa. Sou mesmo muito pequena para querer julgar... mas... gostaria de compreender.

– Você não é pequena. Está pequena agora, mas é filha de Deus e, portanto, tem inestimável valor.

– Você pode me ajudar?

– Vou ajudá-la naquilo que puder, ou seja, vou pedir permissão e ajuda aos meus superiores a fim de que você veja um pouco além do véu. Por ora... no seu estado... é bom que se acalme.

"No meu estado? A que estado ela está se referindo?" – mas não teve oportunidade de perguntar.

Esther ficou alguns minutos em profunda concentração.

Clara mantinha-se orando. Pressentia que aquele momento lhe traria o entendimento tão desejado.

Ao longe, como um cometa varando a imensidão cósmica, um Espírito acudia ao chamado. Lâmpada celeste que abandonava o Céu para iluminar a Terra. Clara tremeu de emoção, e Esther se ajoelhou e beijou a mão da entidade radiosa que se postara entre ambas. Pela linguagem do pensamento, cumprimentaram-se.

– Anjo de luz do Senhor, poderá ajudar nossa Clara a vislumbrar um pouco do seu passado?

O Espírito iluminado, cujo corpo era quase transparente, beijou o rosto de ambas. Clara sentiu que aquele beijo viera saturado de amor, pois, como o pão que sacia a fome do faminto, ele saciou sua alma atormentada.

– Filha, o difícil caminho da nossa ascensão mal teve seu início. Tenhamos fé. Muitas vezes, esmorecemos no caminho, no entanto, o segredo para ser feliz é a confiança; a fé Naquele que nos deu a vida para a felicidade e não para o sofrimento. O Pai Criador não tem prazer mórbido em nos ver sofrer, ainda que merecêssemos. Ele sabe da imaturidade das suas criaturas. Ele sabe que o caminho é árduo, mas que, no fim da jornada, tudo nos parecerá tão pequeno e insignificante que iremos nos admirar por tanto alarde feito.

Esther e Clara estavam emocionadas. A voz da entidade era cântico celeste e fluidos tenuíssimos caíam sobre elas enquanto durava aquela dissertação.

– Agora, preste muita atenção, Clara. Você vai se lembrar de algumas coisas. Algumas coisas deliberadas por você mesma antes de assumir esta encarnação – disse Esther.

A entidade de luz colocou as mãos um pouco acima da cabeça de Clara e, como em um filme, alguns lances de sua vida lhe foram mostrados:

Ela e Aramis haviam-se conhecido em uma colônia espiritual próxima à cidade do Rio de Janeiro. Clara, então chamada Ísis, fazia parte do comboio que amparava Espíritos recém-desencarnados não totalmente maus, pois que estes eram magneticamente atraídos por afinidade fluídica para o umbral.

Em uma dessas excursões de socorro, um jovem de expressão sofrida, não totalmente acordado e perturbado ainda pela desencarnação repentina, despertou em Ísis um sentimento até então desconhecido. Aquele jovem era Aramis, à época chamado Dalton. Havia regressado à pátria espiritual com sérios agravantes cármicos, pois não só não quitara seus antigos débitos, como contraíra outros.

Ísis tomou a si a incumbência de zelar por ele. Após o longo período de recuperação espiritual, tornaram-se amigos. Mais que amigos. Almas afins que se comprometeram a seguir sempre juntas na senda evolutiva. E o amor foi crescendo entre eles.

Assim, sempre unidos, um sustentando o outro com muito amor, esperavam nova oportunidade de voltar e continuar o aprendizado em corpo material.

Quando Ísis foi estagiar em outras colônias, a fim de aprender e crescer mais, Dalton também obtivera permissão para ir junto.

Enquanto Ísis era obediente e cândida, Dalton era rebelde e voluntarioso. Mas não era mau. Tinha qualidades que o diferenciavam positivamente.

Até que chegou o tempo de eles voltarem para a Terra em uma nova existência. Foram chamados aos esclarecimentos devidos, pois que pretendiam tornar-se marido e mulher na próxima reencarnação.

"Ísis, Dalton, não sei se vai ser possível realizar o desejo de vocês, ou seja, de tornarem-se esposo e esposa na próxima existência na Terra" – disse o responsável por eles.

Ante o olhar magoado de Ísis e o indignado de Dalton, foi-lhes explicado que o débito de cada um era diferente em necessidades educativas. Enquanto Ísis tinha pouco a resgatar a fim de se reequilibrar com a lei divina, Dalton tinha muito. Na existência passada ele cometera grave crime. Estuprara uma menina de apenas treze anos.

Ísis e Dalton sabiam daquele crime e sofriam juntos. Vezes sem conta, Dalton caía em profunda depressão, e só o amor de Ísis conseguia tirá-lo do torpor que, então, apossava-se dele. Sabiam da gravidade e das dores que tal fato haveria de gerar.

O Espírito continuou a mostrar cenas e a explicar:

"Como o Espírito ultrajado não quis se vingar, seguiu seu caminho, mas a dívida permaneceu em aberto. O tempo passou. Mas nada foi esquecido. Tudo que fazemos fica registrado em nossos assentamentos espirituais e em nós próprios. Finalizando: Você, Ísis, se não quiser deixá-lo, poderá ser o anjo da guarda dele".

Dalton ficou em choque:

"O que farei na Terra sem Ísis? Com certeza, cometerei mais crimes... Tem de haver outro jeito... Ajude-me, anjo do Senhor".

Ísis então decidiu:

"Quero ir com ele. Assumo tudo de ruim que

tiver de passar, pois a separação será pior para mim. Dividirei com ele seus débitos. Seu carma será meu carma. Juntos, nos reequilibraremos".

Ísis foi esclarecida sobre tudo o que poderia sofrer em se ligando a Dalton. Na verdade, tudo o que passasse seria para ela um teste, não mais uma provação. E ela, se vencesse, sairia engrandecida espiritualmente. Seria o anjo da guarda de Dalton na matéria como o havia sido até ali. Seriam marido e mulher e, juntos, tentariam o equilíbrio

O Espírito sublime, nesse ponto dos esclarecimentos, olhou bem para Clara:

"O estupro do qual você foi vítima esta noite, na verdade, era para ser aplicado em Aramis, mas você, como bem viu nos seus registros akásicos[1], se dispôs a ajudá-lo em tudo; a compartilhar tudo. Aos olhos comuns poderá parecer injustiça, mas o fato é que, sendo você a vítima, o sofrimento dele, quando vier a tomar conhecimento, será bem maior. Ele sentirá mais do que se fosse ele próprio o estuprado, nunca mais cometerá tal monstruosidade e terá seu débito quitado se souber se conduzir. Uma vida de dor e expiação não é castigo. Tem função regeneradora; visa a eliminar as desarmonias profundas. É o remédio amargo que se tem de tomar para o restabelecimento da saúde. É a extirpação do câncer. A cirurgia... o tratamento. Doerá, sem dúvida, pois a dor ainda é necessária no estágio

---

[1] Registro Akásico – registro das ações executadas em uma ou mais encarnações de um Espírito. Mesmo que ficha cármica.

espiritual em que ele se encontra, mas irá lhe trazer a saúde de volta. O sofrimento dele será maior do que o seu, mas ele estará limpando todo o visco que ainda tem na alma. No final, o benefício será dele mesmo. E quanto a você, se suportar com fé, terá mais méritos e luzes e subirá mais um degrau na escala evolutiva. Ficará com um grande crédito espiritual, podendo usufruí-lo como quiser".

Clara agradeceu os esclarecimentos recebidos. A entidade, entretanto, continuou:

"Lembre-se sempre de que Deus não cria o mal, mas se vale dele como ferramenta de regeneração. A dor, portanto, não é uma imposição Dele, é uma consequência natural. Em um futuro não muito distante, você terá dois caminhos a seguir. Um lhe trará paz; a paz do dever cumprido; um avanço rumo ao Pai criador. O outro lhe trará estagnação e mais sofrimentos. Você já tem alguma sabedoria dentro de si. Saiba escolher com acerto".

E, após breve prece, tal como um raio de luz, partiu sem dar tempo para os agradecimentos.

Clara ficou sem palavras. Que caminhos seriam aqueles? Como ela saberia qual dos dois deveria tomar?

– Esther, minha boa amiga... Estou tão confusa e assustada... Por qual caminho devo seguir? Poderá você me dizer, na ocasião?

– Não, infelizmente, ninguém pode. Isso tem de ser resolvido por você mesma. Será a hora de aferir sua evolução. Conhecendo-a, sei que fará a opção certa. Não quer ir para a universidade? – brincou Esther.

As duas ficaram em silêncio por alguns instantes. A Lua continuava sua ronda pelo Céu tremulante de pontos luminosos.

Clara havia entendido. Sabia que, pela manhã, quando acordasse, não se lembraria de tudo na íntegra, mas a paz se estabelecia em sua alma.

O murmúrio do rio acordou nela o desejo de se banhar novamente. Esther leu seu pensamento e a segurou pelo braço:

– Clara, você vai ter de vencer isso. Não acabou de ver algumas cenas de sua existência passada? Não foi agraciada com a presença de um anjo do Senhor, que veio até nós para esclarecer?

– Fui precipitada quando me dispus a carregar um fardo maior do que minhas forças... Pobre Aramis, que confiou em mim...

– Minha amiga... garanto-lhe que este não é o melhor caminho. Considerar-se derrotada quando a luta mal começou?! Onde está sua fé?

– É que...

– No fundo, você está querendo mimos. Está começando a endeusar a dor, e isso é péssimo. Reaja. Se não lhe falta ajuda nos momentos mais difíceis, também não encontrará ninguém, no seu bom siso, que a ajudará a engordar egotismo.

Clara ficou envergonhada. Esther estava certa.

5

LONGE DE DEUS

A alma se veste de negro quando foge das luzes redentoras.

Jairo, o infeliz estuprador, assim que deixou Clara, dirigiu-se à cidade e entrou em um bar. Sentou-se e pediu cerveja. Uma sensação desagradável de rejeição a si mesmo o dominava. Sempre ficava assim depois que praticava tais atos, porém, longe de se arrepender, que é o primeiro passo para a reabilitação, mais se entregava àquela obscenidade.

Seus pensamentos retornaram até o quarto de Clara, e viu-a novamente em seu desespero; em sua impotência; em sua dor.

Relembrou o ser etéreo que mais parecia uma águia. Estaria Clara tão amparada pelos anjos de Deus? E pela primeira vez teve medo do que o esperava quando morresse.

Afugentou o pessimismo e, enquanto sorvia a

bebida, pensava em Leyla, a única mulher que amara realmente. E as lembranças se atropelavam:

Era um sábado, e chovia. Leyla estava aflita, pois sempre tivera medo de que chovesse no dia do seu casamento. E estava chovendo desde a manhã. E era o dia do seu casamento. Jairo já havia chorado todas as suas lágrimas e não lhe restava mais nada a fazer senão sepultar no fundo do coração aquele amor frustrado. Leyla se casaria com outro.

Resolveu ir até a pequena capela onde se dariam as núpcias de sua amada com Gustavo. A cidade era pequena e, após a igreja, tudo o que se via era a mata fechada. Jairo arrastou sua alma até lá.

Leyla e as amigas já haviam decorado a capela, as flores coloriam o ambiente e o ar estava perfumado.

A porta se encontrava fechada, mas Jairo abriu-a com facilidade. Tudo pronto. Dentro de algumas horas, Leyla realizaria o sonho de sua vida, e a ele só restariam lembranças; lembranças de um amor abortado.

Ele sentou-se, arrancou uma flor da decoração dos bancos e a cheirou. Depois, guardou-a no bolso da jaqueta.

Lá fora, a chuva continuava. Fina. Persistente.

Jairo nunca sentira tanta necessidade de orar. O silêncio o envolvia, e ele estava carente como um bebê, sentindo o corpo enfraquecido e doente qual a própria alma.

Ao invés de rezar, esbravejou. Por que rezaria se a vida lhe fora tão madrasta a ponto de lhe tirar o único bem? A única mulher que amava? Que era toda a sua esperança?

O coração se lhe encheu de fel, e ele saiu dali, embrenhando-se na mata. Ali gritou alto toda a sua dor e fez o seu pacto com o demônio. Se Deus o abandonava, com certeza Lúcifer o protegeria. E sua mente conturbada agitou a mata com raios avermelhados, quase negros. Um pássaro solitário que cantava no galho de uma árvore voou assustado.

Jairo já não era o mesmo. Voltou para a capela, mas não entrou, ficando escondido por ali. Queria assistir ao casamento, mas não queria ser visto.

Leyla regressou trazendo mais flores para o altar. Então, o demônio sugeriu a ele uma desforra.

Esperou por ela na porta da capela. Ela se assustou com aquela presença, mas o cumprimentou naturalmente. Estava feliz. Os felizes são, geralmente, generosos.

Jairo a segurou fortemente e tapou-lhe a boca para que seu grito não atraísse a atenção de ninguém. Arrastou-a para a casa paroquial, nos fundos da igreja. Ele sabia que o padre só viria na hora do casamento.

A moça estava em estado de choque e demorou um pouco a compreender o que se passava. Suplicou. Chorou. Falou do desespero de sua família; de Gustavo, mas ele não teve piedade. Ela não trocara seu amor por outro? Tivera, ela, compaixão da sua dor? Do seu desespero? Do inferno que seria sua vida sem ela? Não. Então... agora que se conformasse... cada qual tem o seu destino... cada qual carrega a sua cruz...

E ele, tendo um revólver à mão, estuprou-a sobre a cama do pároco. Depois, liberou-a para que fosse se casar. E fugiu da cidade.

Não houve casamento. Quando chegou em casa, a mãe percebeu seu estado. Era uma morta viva. Fora tomada violentamente e sangrava.

Gustavo, ao saber do ocorrido, desistiu do casamento. Não poderia conviver com aquilo. Procuraria Jairo e o mataria como se mata um cão raivoso.

Leyla e a família mudaram-se. Jairo nunca foi encontrado pelo ex-noivo Gustavo.

De volta a esse passado não tão longínquo, Jairo suspirou. Ainda amava (amava?) Leyla? Sofria. Revoltava-se. E o que foi pior: a partir daí, acostumou-se a vingar em outras as mulheres aquele amor fracassado. Em cada uma delas, via Leyla.

Era a terceira cerveja que consumia. Entre uma e outra, relembrava suas últimas vítimas.

A balconista veio avisá-lo de que o bar iria se fechar. Já era tarde; já deveriam ter fechado.

– Por favor, acabe sua cerveja. Temos de fechar o bar.

Ele a olhou, e ela viu que ele estava chorando. Remorso? Ainda não.

Afastou-se e ficou espiando de longe. Sentiu pena dele. Já o conhecia de algum tempo. Nunca ninguém na pequena cidade tivera qualquer queixa dele. Era esquisitão, sem dúvida, mas não fazia mal a ninguém – assim pensava a moça.

Como ele se demorasse a sair, ela voltou:

– Desculpe, mas vamos ter de fechar.

– Você não pode sentar-se aqui um pouco e beber comigo?

– Não tenho permissão para sentar com fregueses. Desculpe-me.

E saiu. O dono do bar, que estivera só observando, foi até ele e pediu que se retirasse.

– Quero a saideira. Depois, vou embora.

A moça serviu-lhe mais uma. Ele saiu trançando as pernas, rindo e falando alto:

"Era uma boa moça. Mas que dengosa... Como mesmo se chamava? Clara? Clara? Não! Era a Leyla... Leyláää... Desgraçada! O que você fez comigo?"

6

ASSÉDIO SEXUAL

No nosso caminho, atraímos mentes que estão sempre dispostas a nos ajudar quer no bem quer no mal. A escolha é nossa. Luzes ou trevas.

Naquela casa de campo, Andrezza era uma das hóspedes.

Clara sabia que ela se atirava para seu marido, mas confiava nele e tinha pena dela.

Quando soube que Clara não iria ao aniversário, ela viu aí uma oportunidade de, mais uma vez, insinuar-se a Aramis.

Andrezza era uma mulher recalcada. Quase uma menina, nos seus vinte e seis anos. Seu marido a trocara por uma de suas amigas antes de completarem dois anos de casamento. Agora, ela queria fazer o mesmo, roubando o marido de Clara.

Alma equivocada quanto aos valores espirituais,

Andrezza não media esforços para destruir aquela felicidade que lhe causava inveja. No velório da pequena Júnia, a pretexto de consolar o sofrido pai, ela roçara de propósito seus lábios nos dele. A partir daí, um sentimento de aversão em relação a ela cresceu no coração de Aramis, e quanto mais ele a repudiava mais ela insistia em conquistá-lo. Já não era uma questão de amor, mas de pura vaidade, como se quisesse provar a si mesma que era impossível qualquer homem deixar de amá-la. Como se quisesse provar a si mesma que todo homem está disponível, ainda que casado. Porém, de uns tempos vinha se questionando até que ponto queria, realmente, o amor de Aramis. Assustou-se quando chegou à conclusão de que o que mais queria, na verdade, era fazê-lo sofrer. Vê-lo feliz ao lado de Clara a incomodava e, sem saber o porquê, queria puni-lo; vê-lo separado daquela que ele amava; acabar com a vida feliz que eles levavam. Não gostava de admitir nem a si mesma, mas se alegrava com a dificuldade de engravidar de Clara, porque isso trazia sofrimento a Aramis.

Clara percebia as intenções da pseudoamiga. A princípio, não valorizou muito tal atitude. Boa alma que era, teve pena, mas, depois das muitas investidas de Andrezza, resolveu falar com o marido. Aramis a tranquilizou.

Podemos perguntar como Andrezza estava com eles, de férias, na mesma casa. Afinal, passar férias juntos só tem algum sentido quando todos são amigos, o que não era verdade no caso em tela.

Ocorre que Aramis e Andrezza trabalhavam na mesma multinacional, ela sabia que Aramis tiraria férias e também quis tirar as suas no mesmo período. *"Vou saber aonde eles vão... darei um jeito de aparecer, coincidentemente, por lá"*.

Yara, uma amiga de Clara e Aramis, neta do dono da casa de campo, convidou-os, bem como a outros amigos, para passarem alguns dias na casa do avô. Andrezza não foi incluída no grupo e ficou furiosa. Quando todos já se haviam instalado na casa, ela, para surpresa de todos, apareceu. Disse a Yara que estava deprimida, pois soubera da morte de uma tia muito querida do interior de Minas Gerais. Mostrou remédios antidepressivos receitados pelo médico e chorou. Disse que só estava de passagem; que iria embora no dia seguinte. Mas não foi. Nem no outro. Se era ou não verdade a morte da tia querida, ninguém jamais o soube.

Quando percebeu que todos iriam ao aniversário, ficou pensando se seria convidada também. A Aramis e Clara, disse que não iria mesmo se convidada; que aproveitaria para conhecer a pequena cidade e tomar um sorvete. Depois, na maior cara de pau, ao ver que Aramis iria só, foi a primeira a entrar no carro. Clara, que já tinha dito a todos que preferia ficar em casa, lendo e descansando, pensou em voltar atrás, porém, isso demonstraria falta de confiança no marido e insegurança de sua parte.

Andrezza não escondeu a satisfação de ter Aramis

só para si. Sabia, não era boba, que não seria nada fácil conquistar tal homem, mas sabia-se bonita e de bom papo. *"Quem não arrisca não petisca"* – repetiu o jurássico ditado popular.

A festa transcorria divertida para as crianças e tediosa para os adultos.

Aramis não estava à vontade. Sentia-se oprimido. Pensava constantemente em Clara e resolveu ligar para ver se tudo estava bem. O temporal, enfim, desabava, com raios e trovões, e ele sabia que Clara tinha horror a temporal. Talvez o telefone a acordasse, e ela se aborrecesse, mas era melhor do que continuar sentindo aquela angústia. Então, pediu permissão ao dono da casa e tentou ligar, pois seu celular estava sem bateria.

– Estranho – disse ao dono da casa, que estava ali por perto –, seu telefone está mudo.

– É este temporal. Quando troveja muito por aqui acontece isso. Daqui a pouco, tente novamente.

– É... deve ser isso. Mas acho que já vou indo.

– Com este temporal aí fora? Você vai é ficar atolado por aí. Espere um pouco mais.

– O trecho de terra é pequeno.

– Mesmo assim. Espere mais um pouco. Já, já, a chuva diminui.

Aramis não teve saída. Arrependeu-se por ter deixado Clara sozinha. E o coração lhe avisava de que alguma coisa ruim estava acontecendo. Não era do tipo que se impressionava facilmente, mas realmente aquela sensação estranha de perigo iminente era assustadora.

– Posso ajudar em alguma coisa? Você não me parece bem – disse Andrezza, melíflua, pousando a mão no ombro dele.

Ele se esquivou, mas Andrezza não desistiu.

– Aramis, o que está acontecendo? Você está preocupado com alguma coisa? Não está gostando da festa?

– Estou preocupado com Clara.

– Ora essa! Clara já é bem grandinha. A esta hora deve estar a sono solto.

– Tomara. Estou com maus pressentimentos.

– Você é muito neurótico. Esqueça um pouco a Clara. Venha, vamos tomar mais vinho.

E puxou Aramis para um canto mais isolado da casa. Foi buscar o vinho e lhe serviu uma taça generosa.

Para espantar aquela impressão desagradável, e uma vez que nada poderia fazer, Aramis aceitou o vinho. Uma taça... mais outra... outra... e a cabeça mergulhava em uma sensação de abandono. O riso descontraído de Andrezza entrava-lhe cérebro adentro como um convite ao esquecimento; à aventura.

De repente, um raio. Um trovão mais forte. Escuridão total. A energia se foi.

Andrezza, ainda mais desinibida pelo vinho, deu um gritinho e se agarrou a ele.

– Morro de medo de escuro. Seja gentil... Proteja-me.

De repente, um Espírito, que não parecia, em absoluto, um ser humano, adentrou a sala e se colocou próximo a Andrezza. É claro que ninguém o via.

Andrezza sentiu um arrepio percorrer-lhe o corpo. Todos os seus sentidos se aguçaram, e ela sentiu as forças sexuais redobradas e incontroladas. De alguma forma, aquela criatura lhe passava energias grosseiras e voluptuosas. Todavia, tal Espírito não parecia estar à vontade ali. Percebeu que aquela casa era protegida e tentava se esconder de alguma forma. Não se passaram dois minutos, e foi "convidado", pelo guardião espiritual daquela família, a deixar a casa.

"Esta é uma casa de cristãos que labutam honestamente. Cultivam aqui o evangelho. Se o irmão quiser voltar em outra ocasião, na próxima segunda-feira, por exemplo, onde teremos reunião de estudos e preces, será bem-vindo. Hoje, terá de se afastar" – disse, com energia, o protetor daquele lar.

O intruso obedeceu. Já conhecia o Espírito que assim falou e o respeitava. De qualquer forma, sabia que não poderia medir forças com ele, pois que perderia com certeza.

Andrezza achegou-se mais a Aramis. A escuridão

fora amenizada por um lampião a gás, mas mesmo assim a luz era insuficiente.

Se estivesse sóbrio, Aramis repeliria aquele contato, mas o vinho já se lhe incendiava a alma, e ele correspondeu às carícias da mulher. Incentivada pela aquiescência dele, Andrezza tornou-se mais atrevida. A criatura, literalmente animalizada, afastara-se, mas a deixara bem abastecida de fluidos grosseiros, como se já não bastassem os dela própria.

O riso descontraído da aniversariante, uma criança que completava seus onze anos, despertou em Aramis o senso de decência. Quis se afastar de Andrezza, mas sua vontade estava enfraquecida pelas vibrações sensuais dela.

A menina aproximou-se do casal. Imediatamente, o protetor sussurrou nos seus ouvidos: "Mariana, afaste-se daí. Vá dormir, minha querida. Já é muito tarde".

A garota captou inteiramente a sugestão ouvida no recesso da alma. Despediu-se dos convidados, alegando cansaço, e foi se deitar.

Aramis parecia outro. Deixava-se influenciar pela mulher sem fazer o mínimo esforço para se safar. Perguntava-se, mentalmente, como pudera ter permanecido tanto tempo indiferente a Andrezza, uma mulher tão sedutora.

Ela sugeriu que fossem para o carro. Lá poderiam

ficar mais à vontade. Nesse instante, o protetor já citado tentou se aproximar do casal e falar-lhes da inconveniência de tal procedimento. Lembrou a Aramis que sua esposa estava em casa, sozinha, esperando por ele. Advertiu Andrezza sobre as consequências espirituais que sofreria, mas foi em vão. Eles estavam muito distanciados em sintonia e não conseguiram registrar as advertências.

O protetor procurou por Yara e sugeriu que ela procurasse por Aramis e Andrezza; que fossem embora, pois já se fazia muito tarde.

Yara ouviu-o. Apesar de estar em uma festa, mantinha-se afastada de qualquer excesso e ligada aos planos superiores da vida.

– Bem, pessoal, já está na hora de voltar. A chuva já abrandou bastante.

Todos concordaram.

– Onde está Aramis? E Andrezza?

E procurou em vários lugares da casa. Ficou apreensiva. Não gostava de pensar maldades, mas poderia jurar que Andrezza estava tentando seduzir Aramis. *"Desde que chegamos que ela não desgruda do Aramis. E o bobo nem percebe o joguinho sujo dela... Pobre Clara..."*

– Alguém viu o Aramis e a Andrezza? – tornou a perguntar.

– Agora mesmo os vi saindo – disse um dos convidados.

– Teriam ido embora sem falar com a gente?

E saiu procurando pelos dois, encontrando-os quando abriam a porta do carro.

– Aramis! Andrezza! Estão indo embora sem nos avisar?

"Estúpida, essa Yara. Tinha de aparecer justamente agora? Droga! Droga! Droga!" – pensou Andrezza enquanto rilhava os dentes.

Foi Aramis quem respondeu, desenxabido:

– Oi, Yara. Nós... estamos aqui...

Não era bom em respostas rápidas e muito menos em forjar desculpas.

– Não estamos indo embora, Yara. Só viemos pegar meu agasalho. Estou com frio – disse Andrezza.

Mas Yara não acreditou, pois conhecia sobejamente a colega. E depois, era verão e não fazia nenhum frio apesar da chuva de ainda há pouco. Preocupou-se com o futuro do casamento da amiga Clara.

"Fiz muito bem em procurá-los. Foi Deus quem me inspirou. Coitada da Clara..."

– Vamos embora? A aniversariante já foi dormir, e os pais dela parecem cansados. Clara deve estar aflita – disse Yara.

– Podem ir vocês. Eu e Aramis ficaremos mais um pouco...

Antes que ela concluísse, Aramis antecipou-se. Parecia ter acordado com a presença de Yara.

– Não. Viemos juntos e voltaremos juntos. Também quero ir, estou preocupado com Clara. Fique você, Andrezza, se está a fim.

Yara agradeceu a Deus enquanto Andrezza mordia os lábios de raiva.

"Ainda não foi desta vez" – pensou.

7

DOLOROSO ACORDAR

Costumamos acusar o destino pelas nossas dores. Com a reencarnação esquecemos os compromissos adrede assumidos.

Clara sentiu-se atordoada pela volta repentina ao corpo e precisou de alguns segundos para lembrar onde estava e o que lhe acontecera.

"Como pude adormecer depois de tudo o que passei?" Em seguida, olhou o relógio: vinte e duas horas e cinco minutos. A chuva havia passado. No Céu, uma Lua redonda e brilhante olhava o mundo, indiferente às suas dores.

Clara levantou-se e, somente então, lembrou-se de verificar por onde o homem entrara. Não precisou procurar muito, pois a porta da sala estava totalmente aberta. Não fosse a varanda, teria se enchido de água da chuva.

Verificou se o homem havia estragado a porta,

mas não encontrou nada de errado. *"Com certeza, o miserável tem cópia da chave, afinal, é filho do caseiro. Infeliz... Você vai me pagar pelo que fez. Aqui, ou no inferno".*

Até sofrer tal agressão, não sabia o que era odiar alguém. Nem mesmo em relação a Andrezza a revolta se lhe havia despertado com tamanha violência. Quem, naquele momento, pudesse visualizar sua aura, a veria em cores escuras e desagradáveis.

Um pensamento infeliz lhe brotou na alma: valeria a pena viver? Foi até o quarto pensando em encontrar alguma coisa que a libertasse daquela angústia e ouviu um leve bater de asas. Lembrou-se da grande águia (?) que a livrara da morte nas mãos daquele maníaco e pensou em Jesus, e em Deus.

Então, percebeu que não era aquele o caminho. Não era aquela a solução, e, sim, o problema.

Depois de algum tempo, como que subjugada, dirigiu-se a uma estante próxima e retirou de lá um livro. Abriu-o sem mesmo ver o título. Surpresa, leu:

Caridade para com os criminosos:

(...) Deveis amar os infelizes, os criminosos, como criaturas de Deus, às quais o perdão e a misericórdia serão concedidos, se se arrependerem, como a vós mesmos, pelas faltas que cometeis contra a sua lei. Pensai que sois mais repreensíveis, mais culpados que aqueles aos quais recusais o perdão e a comiseração, porque, frequentemente, eles não conhecem Deus como o conheceis, e lhes será pedido menos que a vós.

Não julgueis, oh! não julgueis, meus caros amigos, porque o julgamento que fizerdes vos será aplicado mais severamente ainda, e tendes necessidade de indulgência para os pecados que cometeis sem cessar. Não sabeis que há muitas ações que são crimes aos olhos do Deus de pureza, e que o mundo não considera sequer como faltas leves? (...) Deus permite que grandes criminosos estejam entre vós, a fim de que vos sirvam de ensinamento. Logo, quando os homens forem conduzidos às verdadeiras leis de Deus, não haverá mais necessidade desses ensinamentos, e todos os Espíritos impuros e revoltados serão dispersados nos mundos inferiores, de acordo com as suas tendências. (...) Não é preciso dizer de um criminoso: "É um miserável; é preciso expurgá-lo da Terra; a morte que se lhe inflige é muito suave para um ser dessa espécie." (...) Olhai vosso modelo, Jesus; que diria ele se visse esse infeliz perto de si? Lamentá-lo-ia, o consideraria como um doente bem miserável e lhe estenderia a mão. Não podeis fazer isso em realidade, mas, pelo menos, podeis orar por ele, assistir seu Espírito durante alguns instantes que deve ainda passar sobre a vossa Terra. O arrependimento pode tocar-lhe o coração, se orardes com fé. Ele é vosso próximo como o melhor dentre os homens; sua alma transviada e revoltada foi criada, como a vossa, para se aperfeiçoar; ajudai-o, pois, a sair do lamaçal, e orai por ele. (Elisabeth de França, Havre, 1862 – O Evangelho Segundo o Espiritismo – Cap. XI – Amar o próximo como a si mesmo).

Clara ficou surpresa pela coincidência do assunto. Dir-se-ia que alguém abrira de propósito aquela página, pois o ódio contra o estuprador lhe estava queimando a alma.

Lembrou que uma vez comentava-se, numa roda de amigos, sobre amar os inimigos, e todos achavam ser isso impossível. Porque se é difícil amar até os amigos, quanto mais os inimigos! Então, alguém pedira a palavra, dizendo:

"Há nessa citação um equívoco de interpretação. Nesse mesmo evangelho, no capítulo seguinte, o XII, encontramos a explicação: Quando Jesus disse que deveríamos amar os nossos inimigos, ele não quis dizer que se deva ter por um inimigo o mesmo amor que se tem por um amigo. Diz mais, que o amor, a ternura, pressupõe confiança, e não podemos confiar em alguém que pode valer-se dela para nos prejudicar. Amar o inimigo é não revidar mal por mal, é não querer vingar-se, mas orar também por ele".

E todos pareceram compreender. Se aceitaram de coração, só as provações, os testes, haveriam de dizer. A teoria é fácil, difícil é a prática.

A vida oferecera a Clara a oportunidade de crescimento espiritual. Passara por momentos de indizível desespero, e vimos que não estava disposta a perdoar... Pelo menos, não naquele momento.

Devolveu o livro à estante e meditou em tudo o que lera, mas seu coração permaneceu impermeável.

"E Aramis que não volta! Não posso nem reclamar, ainda é cedo... Por que artes do demônio tive a infeliz ideia de ficar em casa?"

Só, então, ela se lembrou do que o estuprador

dissera naqueles momentos abomináveis: "Fui mecânico..." "Eles sabem montar cavalos?"

Clara pegou novamente o telefone. Ainda estava mudo e, nesse momento, toda a cena do estupro lhe veio novamente à mente. Ela voltou a sentir o cheiro do homem, sua expressão de cínico louco; a força de suas mãos rendendo-a; a moleza proporcionada pelo calmante; aquela boca salivada sobre todo o seu corpo; a consciência de impotência... O ódio... O nojo...

Correu novamente para o chuveiro. Esfregou-se até avermelhar a pele. Mas era inútil. Aquele homem estava entranhado nela. Seu rosto ainda mostrava a irritação causada pela barba por fazer do agressor. Chorou até que toda lágrima se esgotasse. Depois, enrolou-se no roupão e ficou olhando uma mancha escura na parede branca. *"Também estou manchada. Tal nódoa jamais se apartará de mim... ainda que eu esgote toda água do planeta, não me sentirei suficientemente limpa. Aramis, por favor, venha logo".*

Impossível pensar em outra coisa. Ligou a televisão e até conseguiu se distrair um pouco, mas as lembranças se misturavam às cenas em uma confusão tal que ela pensou ter enlouquecido.

"Já assisti a muitos filmes em que a realidade é confundida com o sonho. Pensa-se que se está vivendo tal situação, jura-se pela sua realidade e, depois, percebe-se que tudo fora obra de uma loucura, de um desligamento momentâneo, enfim, de algum embaralhamento dos neurônios. Talvez isso tenha me acontecido...

talvez eu esteja sonhando. Mas não! Infelizmente, sei que não foi simplesmente um sonho; que não estou louca; que o miserável me violentou. Violentou-me o corpo e a alma. Jamais poderei ser a mesma".

Depois, lembrou-se de que havia conversado em sonho com um Espírito sobre o acontecido. Mas tudo estava nebuloso. Misturado... Porém, sabia que fora esclarecida. Fez força para se lembrar; coordenar as ideias. Sentia que alguma coisa importante fora-lhe revelada, todavia, não sabia muito bem o quê. Alguém lhe dissera: no seu estado? Mas... que estado?!

Pensou em orar. Sempre orava nos momentos difíceis de sua vida. Mas, naquela hora, sentia-se morta. De repente, como uma lembrança providencial, rememorou a pequena Júnia. Sensibilizou-se e, então, orou:

– *Deus, Pai de amor e infinita misericórdia, derrame sobre esta pobre alma enferma a Sua luz. Leve de mim todo esse ódio, essa revolta, essa dor que me embrutece a alma; que é uma cortina pesada a impedir a entrada da luz. Purifique-me com o Seu amor de Pai. Permita que eu sinta novamente a fé em Ti, a confiança, a esperança, a segurança. "Pai nosso que estais no céu..."*

Lágrimas se lhe deslizaram pelas faces, e sentiu-se mais aliviada, embora a tristeza se entranhasse nela.

Depois daquela prece, conseguiu se lembrar de alguma coisa. Algumas páginas do seu passado foram-lhe mostradas, e ela, apesar de ainda abalada, percebeu que a revolta só agravaria a situação. Confiaria em Deus. Desligou a televisão. Teve vontade de ir até o portão para ver se via alguém na rua, mas não teve coragem de abrir a porta. O gato se espreguiçou, e ela ficou feliz por ter um ser vivente ali com ela.

Aramis entrou no carro junto com Andrezza. Deu a partida, mas o carro não pegou. Desligou e ligou novamente. Nada.

Yara e os demais se aproximaram.

– O que foi?

– Não sei. Não quer pegar.

– Já olhou se tem combustível?

– O tanque está pela metade. Falta de gasolina não é.

Agora, falando ao mesmo tempo, todos davam suas opiniões.

– Deixe-me tentar – falou o dono da casa, o senhor Miranda.

Irritado, Aramis saiu do carro. O senhor Miranda tentou. Uma, duas, várias vezes, e nada.

– Alguma coisa no motor. Vamos ver... – disse.

– Carro velho é isso – esbravejou Aramis.

– Ahn... aqui tem coisa. Tiraram uma peça do motor. Por isso ele não pega. Mas quem teria feito isso?

Todos foram observar o motor e ficaram perplexos. Quem teria feito aquilo?

– Aramis, você tem algum suspeito?

– Não. Ah, meu Deus, essa agora!

Aramis afirmou que não desconfiava de ninguém, mas de repente pensou em Andrezza. Talvez ela quisesse prolongar a noite com ele. Olhou-a com ressentimento.

"Oportunamente haverei de forçá-la a confessar. Se ela fez uma coisa dessas vai se haver comigo!" – pensou, já com muita raiva.

Mas não foi a moça, e sim o estuprador que, antes de ir ter com Clara, danificara os carros. Todos.

– Bem, não adianta fazer nada. Agora não tem nenhum mecânico disponível. Venha, Aramis. Venha, Andrezza. Vamos todos no meu carro. Vai ser desconfortável, mas a viagem é curta.

Surpresa. O carro de Yara também não pegou. Nos outros dois também faltava a tal peça. Conclusão: teriam de esperar até o dia seguinte.

– Não. Tem de haver um jeito. Clara está sozinha no sítio. Sem telefone. Vou de qualquer jeito, ainda que a pé!

Foi tal o desespero de Aramis, que o senhor Miranda se dispôs a levá-lo e a Andrezza. Não tinha certeza se chegariam ao destino ou se atolariam no barro assim que saíssem do perímetro urbano e pegassem a estradinha de terra que levava ao sítio. Mas tentaria. Os demais dormiriam lá até a manhã seguinte.

– Não posso entender... Alguém veio aqui e sabotou os carros. Com que propósito? – disse o senhor Miranda.

Aramis olhou para Andrezza. Seus olhos disparavam chispas. Sentou-se o mais longe possível dela. Teria se sentado na frente com o senhor Miranda, não fosse a presença de um peão que se dispôs a ir junto para qualquer eventualidade.

Andrezza, ainda aborrecida por ver seus planos frustrados, compreendeu que Aramis estava atribuindo a ela aquela façanha.

"Ele pensa que fui eu... preciso esclarecer isso, senão... nunca mais ele se aproximará de mim". E aproveitando a conversa do senhor Miranda com o peão, sussurrou a Aramis que ela não tinha nada a ver com aquilo; que estava tão surpresa quanto todos.

Ele a olhou com dureza e nada respondeu.

– Por Deus, Aramis! Eu nada entendo de mecânica! Como poderia fazer um trabalho daquele? E mesmo que soubesse, não seria tão tola assim. E depois... tem mais: você é testemunha de que não arredei os pés de perto de você! Não se lembra?

O peão e o senhor Miranda pararam de conversar. Aramis fez um sinal a Andrezza para que ela se calasse. Não queria que pensassem coisas a respeito deles.

Por sorte não ficaram atolados pelo caminho. Seu Miranda procurou dirigir tendo as rodas do lado esquerdo do carro no mato da estrada.

Por volta de vinte e três horas e trinta minutos, chegaram.

Clara levantou-se, aliviada, assim que ouviu o barulho do carro. Tinha os olhos inchados pelo choro. Enquanto Aramis se despedia e agradecia ao senhor Miranda, Andrezza entrou. Clara estranhou que só viessem os dois, e ela explicou o ocorrido.

– ... e, dessa forma, todos ficaram lá. Aramis não quis deixar você aqui sozinha.

– Mas... quem teria... *"Claro, agora me lembro... o desgraçado estuprador... Ele disse que era mecânico, que eles só voltariam a cavalo..."* – lembrou Clara, sem nada dizer.

Andrezza estava explicando o mistério a Clara quando Aramis entrou. Abraçou o marido e não pôde conter as lágrimas. Enciumada, Andrezza se afastou.

– Clara, minha querida. Desculpe-me. Nunca mais deixo você sozinha... O temporal... Eu tentei ligar pra você...

– O telefone está mudo. Também tentei ligar.

Clara continuava chorando. Não sabia se devia ou não contar ao marido sobre o estupro sofrido. Sua cabeça já estava doendo de tanto pensar qual seria a melhor solução.

– Mas, meu bem, não vejo motivo para você continuar chorando. Eu já estou aqui. Não tive culpa...

– Bem sei, Aramis. Eu fui a culpada. Preferi ficar aqui, lendo e descansando, mas foi terrível... O temporal...

– Vamos... acalme-se. Já passou.

Uma aranha descansava no centro de sua teia. O gato se espreguiçou. De repente, viu a aranha. Com ligeireza, deu um tapa na teia e matou a aranha. Clara, que estivera a observar a cena enquanto o marido a consolava, pensou: *"Com essa mesma rapidez e frieza Aramis mataria aquele miserável... ou seria morto por ele... Eu o tornaria um assassino ou ficaria viúva. O melhor é não dizer nada"*.

– Andrezza já lhe contou o que aconteceu, não contou?

– Contou.

– Eu acho que pode ter sido ela... você sabe... ela vive atirando-se pra cima de mim.

Clara teve vontade de concordar com ele só para afastá-la de vez do marido. Mas não! Não teria coragem para alimentar um falso julgamento. Ela sabia que daquilo Andrezza estava inocente.

– Não acho que tenha sido ela. Seria ir longe

demais. E depois teria de ter algum conhecimento de mecânica, e ela é completamente ignorante nessa matéria. Não sabe nem dirigir.

– Pode ser. Mas sempre fica a dúvida. Agora, vamos dormir. Estou um pó!

– Antes quero tomar um banho. Sinto-me suja.

– Mas seus cabelos estão ainda molhados... Já não tomou banho?

– Tomei, mas ainda não fiquei limpa.

Aramis estranhou, mas nada disse. Preocupado, ficou esperando na sala. Precisava conversar mais com Clara, porque a achou muito deprimida. Nem parecia a mesma que deixara havia pouco mais de cinco horas. Andrezza, que estava à escuta, aproveitou a oportunidade. Também precisava conversar com ele, pois sabia que estava sendo inculpada por algo que não fizera. Tinha o coração envenenado pelo ciúme. Não que amasse Aramis tanto assim, mas queria conquistá-lo por um desses caprichos da alma desequilibrada e infeliz.

Ao vê-la Aramis mostrou desagrado. Levantou-se e se dirigiu ao quarto.

– Por favor, espere, Aramis. Precisamos falar.

– Não precisamos. Quer saber? Estou farto de você. Não se toca?

– Vou relevar sua agressividade. Você tem razões de sobra para isso, mas me ouça. Vamos, sente-se.

A contragosto ele se sentou.

– Aramis, eu juro por tudo que me é sagrado que não fui eu quem sabotou os carros. Nunca fui tão sincera em toda a minha vida. Mesmo que eu quisesse, não saberia como fazê-lo.

– Diabólica como você é, bem poderia ter contratado outra pessoa para fazer o "serviço". Mas já falamos muito. Clara está no banho. Logo volta, e não quero que ela tenha o desprazer de encontrar você aqui.

Andrezza mordeu os lábios de revolta. *"Clara, Clara, será que ele não pensa em outra coisa? O que tem essa mulher que eu não tenho? Sou muito mais bonita do que ela; mais nova; mais culta..."*

Vendo que ela não se dispunha a sair, Aramis a pegou pelos braços, a fim de fazê-la se levantar.

Então, Clara entrou. Nada houve, mas a perturbação do marido a fez pensar que talvez toda aquela implicância que ele dizia ter em relação àquela mulher fosse simplesmente para enganá-la. *"Estariam esses dois de caso?"*

– Bem, acho que vou me deitar. Estou cansada – disse Andrezza com um meio sorriso de satisfação, pois havia percebido que Clara desconfiara deles. Isso, longe de incomodá-la, alegrou-a: *"Eu é que não vou desfazer esse mal-entendido"*.

– Não suporto mais a presença dessa mulher – disse Aramis.

– Não mesmo? E o que faziam aqui, juntos, mal eu me ausentei?

– Você não está pensando...

– ... que vocês têm um caso? Nunca acreditei nessa possibilidade, mas agora...

– Poupe-me, Clara! Não está falando sério, está?

– Claro que estou. Você fala uma coisa, mas dá a entender outra. Quem pensa que eu sou? Alguma retardada? Se está gostando dela, podemos nos divorciar. É mais honesto. Mais decente.

– Não fale bobagem. Você está nervosa. Não sabe o que diz.

Clara se pôs a chorar, e Aramis abraçou-a e a levou para o quarto.

– Nunca mais fale em separação, Clara.

– Quero ir embora amanhã mesmo. Amanhã! Nem um dia a mais!

– Logo cedo vou buscar meu carro. Levarei um mecânico comigo. Também não quero ficar mais aqui. Andrezza estragou nossas férias.

"Não só Andrezza, mas também o maldito filho do caseiro" – pensou Clara. – E toda a sua repulsa voltou.

8

GRITOS DA ALMA

Quantas vezes o inimigo nos seduz com sua face de anjo...

Com muito custo, Clara conseguiu adormecer.

Aramis estava exausto. O corpo estava relaxado, mas a mente fervilhava. O efeito da bebida já passara, e ele se perguntava como pudera ceder com tanta facilidade às insinuações de Andrezza. Lembrou-se, assombrado, de que, se não fosse a providencial presença de Yara, com certeza teria se comprometido irremediavelmente. Seu casamento teria ido por água abaixo, e Clara jamais o perdoaria. Tremeu ao relembrar a impetuosidade de Andrezza. Queria rejeitar tais lembranças, mas não conseguia, pois os instintos animalizados eram ainda muito fortes, e ele havia se impregnado deles; havia lhes dado força, e a pequena chama espiritual que desabrochava lentamente dentro de si foi empurrada para o interior da alma.

Acendeu o abajur. Tentaria ler um pouco, quem sabe a leitura o distraísse... Mas achou o livro desinteressante. Levantou-se devagarzinho para não acordar Clara e foi até a cozinha. Coincidência ou não, em seguida Andrezza apareceu. Usava uma camisola provocante, como uma "mulher fatal" das novelas apelativas e banais.

Aramis tomava um copo d'água e se assustou. Não acreditou que fosse coincidência aquela aparição justo no momento em que ele ali estava.

– Ô, Andrezza! Sai do meu pé! Poxa... Você não desiste fácil, hein? Não tem respeito por si mesma? Não tem dignidade? Consideração por Clara que está logo ali, dormindo?

– Como você é pretensioso! Quem lhe disse que estou aqui por sua causa? Nem sabia que você estava aqui. Senti sede e vim beber um pouco de água.

Aramis vestia um pijama de malha azul escuro e tinha a camisa aberta devido ao calor. Andrezza tinha seus olhos ali focados e fez menção de abotoá-los, no que foi impedida por ele.

– Andrezza... com relação ao que aconteceu no aniversário da Mariana... Não vá pensar... ter alguma esperança... Eu estava bêbado.

– Esqueça, Aramis. Eu também estava com a cabeça cheia de vinho. Desculpe-me. Não vai acontecer mais. Você não é o único homem do mundo, sabia?

– Arre! Você quase me faz acreditar que sou!

– E sabe o que mais? – falou um pouco mais alto.

– Por favor, fale baixo.

– Sabe o que mais? – repetiu – Estou farta! É bom que saiba que às vezes sinto aversão por você...

– Melhor assim. Muito melhor. Então, posso me considerar livre do seu assédio? Mal posso crer! Aleluia!

– Ora, vá se danar!

Pegou um copo d'água e se retirou.

"Vou mudar de tática. Aramis não gosta de mulheres atiradas. Prefere as dissimuladas que, embora caindo de desejos, fingem-se de muito pudicas. Pois bem, doravante, você, meu caro, conhecerá uma nova Andrezza. Esconderei no fundo de mim mesma a verdadeira e lhe mostrarei uma bem comportadinha".

Ao passar pelo quarto de Clara, ouviu um grito agudo e parou, sem saber se entrava ou não. Aramis veio correndo e a empurrou, abrindo em seguida a porta.

– Clara. O que foi? – mas a mulher estava dormindo. Contorcia-se na cama e gritava palavras desconexas, como "Me deixe" "Desgraçado" "Não me toque" "Meu Deus, ajude-me!"

Aramis chacoalhou-a.

– Não! Não faça isso! Sou uma mulher casada! – Clara disse na semiconsciência.

– Clara, Clara, desperte!

– Ahnn... Onde está o maldito? Saia! Não me toque...

– Calma, você estava tendo um pesadelo. Pronto, já passou.

– Clara, Aramis... desculpem-me... Ouvi o grito... O que aconteceu?

– Não foi nada, Andrezza. Clara teve um pesadelo. Já passou. Pode ir dormir.

Clara olhou desconfiada para o marido. *"Estariam eles juntos? Traindo-me debaixo do meu nariz?"*

– Não vá tirando suas conclusões, Clara. Eu não conseguia dormir e fui até a cozinha. Andrezza apareceu, pegou um copo d'água e ia passando aí fora, pelo corredor, quando ouviu o seu grito. Eu também ouvi e vim correndo. Só isso.

Assim que Andrezza se retirou, Clara teve vontade de contar a ele sobre o estupro. Ele precisava saber. Ela precisava de sua ajuda e de seu apoio para superar tudo aquilo. Aramis era um bom homem. Amava-a e saberia compreender e ajudar.

Estava prestes a falar quando se lembrou das ameaças de Jairo. "Ainda não matei ninguém, mas posso começar por ele. Depois, será você". Não. O mais sensato seria ficar quieta. Guardar "aquilo" só para ela mesma; tentar esquecer.

– Você está tão diferente, Clara! O que aconteceu? Não quer me contar?

– Não há nada para contar. Nada que você não

saiba. O temporal... O telefone da casa sem linha... O maldito celular sem serviço... eu aqui sozinha... foi horrível, Aramis!

– Agora, sossegue. Eu estou aqui, e isso nunca mais acontecerá. Ainda que você queira ficar sozinha.

Clara respirou fundo e reprimiu as lágrimas.

– Amanhã, iremos embora. Longe daqui, creio que tudo voltará ao normal.

A noite transcorreu cheia de vultos assustadores para Clara. Mais de uma vez acordou gritando. Sentia-se dominada por um medo atroz e via a porta do quarto abrir-se, e Jairo entrar. Cínico. Debochado. Sentia aquelas mãos descomunais percorrendo seu corpo; a boca aberta, salivosa, quente, sobre a sua, sugando-a como enorme sanguessuga. Depois, a pior parte: invadida em sua intimidade. A viscosidade que a impregnara, que lhe causava repulsas, náuseas...

Depois, as cenas se misturavam. Via Aramis e Jairo atracando-se em uma luta feroz. E ela estava presa na cama, nada podia fazer para ajudar o marido. E Jairo era mais forte. E apertava a cabeça de Aramis até esmagá-la... E ria... ria...

No meio da noite, levantou-se, meio dormindo, meio acordada, e saiu da cama. Aramis acordou e ouviu o chuveiro. Levantou-se.

– Clara, por que está tomando outro banho, agora, no meio da noite?

– É que estou suja. Muito suja.

9

MAIS DESENCONTROS

A dissimulação, para alcançar um fim maligno,
é apanágio das pequenas almas.

Andrezza foi a primeira a se levantar. Havia tomado a decisão de mudar de tática. Começaria sem demora. Se nem isso desse resultado, pensaria em outra coisa. Desistir... jamais. O que não queria era continuar vendo a felicidade de Aramis ao lado de Clara. Pobre alma! Se soubesse aonde sua maldade a levaria... Mas não vamos precipitar os acontecimentos.

Preparou o café, arrumou a mesa e ficou esperando que o casal se levantasse. *"Eles vão se espantar com minha bondade"*.

Por volta de nove horas, estavam à mesa, e Andrezza perguntou pela saúde de Clara, oferecendo-se para qualquer coisa de que precisassem.

Aramis ficou surpreso. Andrezza deixava transparecer bondade e compreensão. Teria se enganado tanto a seu respeito?

Clara, no entanto, percebeu que tudo não passava de dissimulação. Mas estava preocupada demais com outros problemas para dar maior valor àquela pseudotransformação.

"Talvez eu tenha sido muito duro no meu julgamento" – pensou Aramis. E sem que pudesse evitar, a lembrança das carícias de Andrezza na festa o perturbou.

Como um plugue que fosse ligado a uma tomada, imediatamente formou-se uma corrente de energias entre ele e Andrezza. Ela imediatamente olhou para ele, e seus olhos leram a linguagem muda das almas. *"Sei que você não é tão duro quanto quer parecer, meu querido Aramis".*

Então, Aramis foi envolvido pelo seu guia espiritual. Olhou para a esposa e, envergonhado, cortou aqueles pensamentos libidinosos. Amava-a e não tinha nenhum sentido jogar fora a felicidade por alguns momentos de loucura ao lado de uma mulher inescrupulosa.

Clara percebeu que havia acontecido alguma coisa entre eles, pois nunca confiara em Andrezza e bem sabia as intenções dela. Mas estava muito ferida para reagir.

Aramis tomou rapidamente seu café e foi para a cidade, onde procuraria um mecânico para consertar os carros.

Andrezza vestiu seu biquíni e se esticou na espreguiçadeira. Sentiu que convencer Clara sobre sua mudança não seria tão fácil quanto convencer Aramis. *"Que me importa a Clara? Aramis acreditando é o quanto basta."*

Clara mostrava no semblante abatido as consequências da noite maldormida.

Jairo, o filho do caseiro, que estivera observando a melhor oportunidade para se aproximar, ficou feliz com a saída de Aramis.

"Agora é a minha vez. Não posso tirar essa mulher da minha cabeça. Ontem... foi demais! Vamos ver se ela ainda está muito zangada" – pensava enquanto se dirigia para a sala de refeições, onde Clara estava. Um empregado da casa o barrou:

– Quer alguma coisa? Nem Yara nem Aramis estão. Volte outra hora.

– O que tenho de falar pode ser com dona Clara. Dá licença – E entrou.

– Bom dia, dona Clara.

Clara quase caiu da cadeira com o susto. Jamais imaginou que o crápula tivesse a ousadia de ainda entrar na casa como se nada tivesse acontecido. E ainda falar com ela! Era muita petulância!

Demorou alguns segundos para acreditar no que via.

– Como se atreve a entrar aqui? Como se atreve

a falar comigo? Vamos, saia daqui! Seu ordinário desclassificado! – falou em tom baixo, mas ameaçador.

Andrezza o viu entrar e deu corda aos pensamentos maledicentes. Jairo ignorou a fúria de Clara:

– Ora, belezinha. Ainda está brava? Vim fazer as pazes.

– Seu miserável! – E estendeu a mão para esbofeteá-lo.

Ele segurou-a pelo pulso.

– Só vim agradecer. Agradecer por você ter ficado de bico calado. Assim é que se faz. Continue calada, e ninguém sairá ferido.

Nesse momento, Andrezza entrou.

– O que se passa aqui?!

Jairo largou o pulso de Clara. Ninguém falou nada. Andrezza olhou-os, desconfiada. Jairo acenou um adeus e saiu tão friamente quanto havia entrado.

– Vai me dizer o que houve? Não sabia que você e o filho do caseiro fossem tão íntimos!

– Vá se danar, Andrezza! – e foi para o quarto.

"Ahnn... Então, a santinha do Aramis está se revelando, afinal. Nunca confiei nas sonsas. Parecem apagadas, mas que brasa escondem por baixo! Aramis precisa saber quem é, realmente, sua preciosidade. Mas calma... não coloquemos a carroça na frente dos bois... Tudo a seu tempo".

Em seguida, foi procurar Jairo e o encontrou cuidando da horta, junto com o pai.

"Jairo até que é bem bonitão. Não fosse a boca meio torta... O que será que há entre ele e Clara? A atitude deles foi muito suspeita".

À sua aproximação, pai e filho pararam o que estavam fazendo.

– Jairo, posso conversar com você?

– Claro, dona Andrezza. O que a senhora quer?

– Podemos conversar em particular?

– Como quiser.

O caseiro ficou olhando o filho e a mulher, sem entender nada.

– Vamos nos sentar ali, debaixo daquela mangueira.

Jairo estava deliciado com a atenção de Andrezza. Era um rapaz pretensioso e não se considerava nada feio apesar do defeito da boca. Enquanto caminhavam, alguma coisa despertou dentro dele. Não era a primeira vez que aquela mulher cruzava seu caminho. Em uma fração de segundos rebuscou o inconsciente, mas este nada lhe revelou. Sentaram-se num tronco que servia de banco, e Andrezza não fez rodeios.

– O que, realmente, significou aquilo que vi na cozinha? Pode se abrir comigo; sou discreta.

Jairo olhou-a. De repente, ficou furioso com ela.

– Não é da sua conta, dona Andrezza.

– Como se atreve a falar comigo desse jeito? Ponha-se no seu lugar, rapaz!

– E você? Pensa que já não saquei qual é a sua? Dando em cima do marido de uma amiga... Que coisa feia, dona Andrezza!

Andrezza ficou vermelha. Sentiu vontade de esganar o rapaz.

– Mas que petulância! Vou reclamar para o avô da Yara, seu patrão. Ele vai pôr você e sua família no olho da rua.

– Se fizer isso, não vai viver para ter tempo de se alegrar – e fez um gesto de alguém que pega um revólver e atira – Bummmm. Riu com deboche.

Somente naquele momento, Andrezza compreendeu que estava lidando com um frio assassino. O passado espiritual advertiu-a de que corria perigo.

Jairo a olhou desdenhosamente.

– Sabe o que mulheres como você despertam em mim?

Andrezza permaneceu calada. Estava trêmula. Arrependeu-se de ter provocado o rapaz. Bem conhecia o tipo.

Ele insistiu:

– Perdeu a língua?

– Não amole. Vou indo.

– Mas você ainda não respondeu à minha pergunta – e segurou-a pelo pulso.

– Ai! Você está me machucando.

– Não quer saber o que perguntei? Mesmo assim, vou dizer: mulheres como você despertam em mim o desprezo. Já sua amiga... Amiga? Ah, ah, ah.

Andrezza se interessou novamente pela conversa. A curiosidade foi mais forte do que o medo.

– O que Clara desperta em você?

Antes que ele respondesse, ela lhe disse:

– Olha, não precisamos ser inimigos. Temos interesses em comum. Eu, como você mesmo percebeu, gosto do Aramis. E você, pelo que também percebo, gosta da Clara. Então...

– Não seja ridícula! Não amo aquela mulher. O fato de achá-la atraente não quer dizer que goste dela... gostar a ponto de me amarrar. Prezo muito minha liberdade. De um jeito ou de outro, tenho todas as mulheres que quero.

– O que, afinal, aconteceu entre você e Clara? Sei que alguma coisa houve, não tente negar – disse, um tanto melíflua.

– Se houve não é da sua conta. Agora chega. Preciso trabalhar.

"Aqui tem dente de coelho" – pensou Andrezza enquanto olhava o vulto de Jairo desaparecer rumo à horta.

Clara já havia arrumado a mala quando Aramis regressou. Todos os outros também regressaram e contaram a ela o que tinha acontecido.

– Algum maluco entrou lá e sabotou os carros – disse Yara.

– Nunca imaginei que, um dia, isso me acontecesse – dizia outro.

– Dormimos amontoados em um barracão – ria outro.

– Onde eu estava tinha uma goteira. Veja, estou encharcado – outro falava, aos risos.

Só, então, Yara percebeu o quanto Clara estava abatida. Olhando com mais atenção para Aramis, percebeu que ele também estava muito sério. Nada perguntou, entretanto.

Depois do almoço, eles se despediram. Também Andrezza se foi. Embora tivesse três lugares disponíveis, Aramis não lhe ofereceu carona, obrigando-a a voltar de ônibus.

10

SEQUELAS

"Considerando os atormentados na senda humana por onde segues, lembra-te de Jesus."
(Joanna de Ângelis)

Faziam a viagem em silêncio, cada qual perdido no emaranhado dos seus pensamentos.

Aramis estava aborrecido consigo mesmo. Sabia que tinha *pisado na bola* em relação à Andrezza, no entanto, nunca tivera por ela nenhum apreço; eram apenas colegas de trabalho. Na verdade, ele até antipatizava com ela. Perguntava-se, agora, como pudera ter sido envolvido daquela forma apesar de amar a esposa. Vira-se fraquejar na malfadada festa e teria ido além se Yara não tivesse aparecido. *"Sou mesmo um imbecil... Aquela sonsa quase me complica a vida."*

Clara o observava. Estava magoada. Ainda não havia decidido se contava ou não sobre o estupro. *"Em quem estará ele pensando? Em mim ou em Andrezza?"* – E a dor do ciúme a fazia sofrer ainda mais.

Sem querer, suspirou fundo, como a mandar embora os pensamentos dolorosos.

Só, então, Aramis olhou-a e notou as lágrimas que já agora lhe caíam abundantes. Os soluços irromperam, sacudindo seu corpo. As lembranças voltaram. Impiedosas. Amargas. Incontidas.

Assustado, Aramis perguntou o que estava acontecendo; qual a razão daquele choro.

– Não é nada.

– Vamos parar no próximo posto. Você não está bem. Vamos... Acalme-se – Mas ele também sentia desconforto.

Aramis estacionou o carro em um posto de gasolina e abriu a porta para a esposa descer. Enxugou-lhe o rosto molhado e tratou de pôr um sorriso nos lábios.

– Vamos nos sentar ali. Quero saber tudo que está acontecendo com você.

Sentaram-se. Clara havia parado de chorar, mas tinha uma expressão triste.

– Não é nada. Acho que ainda estou impressionada pela noite de ontem... O temporal... O telefone mudo... Eu sozinha naquela casa...

– Já passou, minha querida. Não fique alimentando lembranças ruins. Esqueça – e lhe beijou os lábios trêmulos.

– Esquecer? Como poderia? Aramis, não é só a noite de ontem o que me entristece.

– Não? O que é, então? Vamos... desabafe. Não fique alimentando infortúnios.

Clara pensou que o melhor seria contar tudo de uma vez sobre o estupro. Mas... como ele reagiria? Se para ela estava sendo tão difícil, para ele talvez fosse insuportável. Ela bem o conhecia. Apesar de muito bom, era um machista incorrigível. A vida deles viraria um inferno, e ele jamais esqueceria. Todas as vezes que olhasse para ela se lembraria. Talvez, até deixasse de amá-la. *"Mas eu não tive culpa nenhuma! Meu Deus, ajude-me. O que faço?"*

Novamente, as lágrimas desceram rosto abaixo.

– Acalme-se. Vamos àquela loja de conveniência. Talvez encontremos algum calmante. Você vai ficar bem. Reaja!

Não havia calmantes na loja. Adentraram o restaurante e pediram um refrigerante.

– Vou ao banheiro. Já volto – disse Clara.

Alguns minutos se passaram. *"Clara está demorando muito. Já era tempo de ter voltado. Será que devo chamá-la?"* – pensava Aramis.

Esperou mais alguns minutos. Nada. Clara não retornava. Preocupado, chamou uma funcionária e lhe pediu que fosse ver o que estava acontecendo. Dentro em pouco, ela retornou:

– Ela está tomando banho.

– Tomando banho?!

– Diz que não vai demorar. Talvez ela não saiba, mas o chuveiro é de uso exclusivo dos funcionários.

– Desculpe. Minha esposa não está bem.

A moça olhou-o e se afastou.

Depois de algum tempo, Clara retornou. Estava molhada... cabelos desalinhados e tinha o olhar perdido.

– Clara... Por que tomou banho aqui?!

– Eu estava me sentindo suja. Agora, estou bem melhor.

– Clara, você precisa consultar um médico. Assim que chegarmos, agendaremos uma consulta. Isso é descontrole emocional... Dos nervos. Essa obsessão por limpeza é neurose.

– Não preciso de médico nenhum. Vamos tomar o refrigerante e ir embora. Agora estou melhor.

Aramis ficou realmente preocupado. Clara estava agindo de modo estranho. Nunca fora neurótica, viciada em limpeza. *"Alguma coisa mais aconteceu."*

– Clara, sei que você está aborrecida comigo e, mais uma vez, peço-lhe desculpas. Eu não devia ter ido àquela festa sem você.

Clara não ouviu o que ele disse. Estava com o pensamento longe. Alguma coisa lhe dizia que seus sofrimentos mal haviam começado.

– Clara... não ouviu o que eu disse?

Clara arrastou sua alma daquele quarto onde fora

violentada e tornou ao presente. Desculpou-se. Aramis repetiu o que havia falado.

– Você não tem culpa de nada. Eu mesma não quis ir. Agora, lamento tanto...

– Nunca pensei que você fosse se impressionar dessa forma por causa de um temporal! Esqueça, Clara! Já passou, caramba! Eu estou aqui... Nunca mais vou deixar você sozinha, já disse.

Clara abriu a boca para dizer que não era pelo temporal, e sim... – mas se calou a tempo. Não poderia contar a verdade. Não naquela hora. Se o fizesse, ele pegaria o primeiro retorno e iria acertar contas com o estuprador. Quem sabe, então, o que poderia acontecer... E ela teria que fazer depoimento à polícia. Não suportaria a vergonha. Sabia que estava errada em pensar assim; que deveria recorrer à polícia e denunciar o estuprador. Quantas mulheres já haviam sido vítimas dele e se calaram? Não estaria ela favorecendo, com seu silêncio, novas violências por parte daquele celerado?

"Estou mesmo sem saída. O infeliz disse que mataria Aramis se eu o denunciasse. Depois de Aramis... seria a minha vez. O pior de tudo é que não confio na polícia. Eles prendem – quando prendem – e, logo depois, soltam. Mesmo que condenado, sendo réu primário... tendo bom comportamento... Há tantos favorecimentos na lei, que a pena nunca será integralmente cumprida. Depois, ele sai da prisão e..."

– Diga alguma coisa, Clara.

– Não estou aborrecida pelo fato de ter ficado sozinha.

– Então, diga-me! O que aconteceu? *"Ela deve ter percebido alguma coisa. Aquela infeliz da Andrezza... não sei por que tinha de também ir passar férias lá"* – Pensava Aramis, sentindo o remorso picar-lhe a alma.

Clara apenas balançou negativamente a cabeça.

– Olha... talvez você esteja aborrecida por causa da Andrezza...

– Por que eu deveria estar?

– Você bem sabe... ela é muito oferecida e inconveniente.

– Mesmo sendo oferecida e inconveniente, você dá a maior trela para ela.

– Ahn... Eu sabia que era isso! Como você é bobinha! Acha que eu poderia ter algum interesse nela? – e, para reforçar, riu.

Estava sendo sincero. Jamais gostaria de ter qualquer coisa com a colega. Mesmo amizade já não poderia ter mais. Mas uma sombra o envolveu (as forças do mal não se rendem facilmente) e ele relembrou Andrezza; seu morno contato; o perfume de seus cabelos. Sem querer, estremeceu.

Clara pensou que seria conveniente que ele pensasse que o problema dela fosse Andrezza. Assim, não a atormentaria mais com suas perguntas. *"Andrezza era um grande problema até me aparecer outro bem maior... Meu Deus! Preciso chegar logo em casa para tomar um banho. Estou muito suja."*

11

ACOLHENDO AS TREVAS

Nenhum Espírito é nosso serviçal.

As férias terminaram, e Aramis e Clara voltaram à rotina.

Clara havia melhorado, embora não tivesse esquecido o triste acontecimento do qual fora vítima.

Na primeira semana, Aramis pediu transferência para outro setor. Não suportava olhar para Andrezza. Vinha-lhe, com a presença dela, uma sensação de impotência, como se a moça tivesse ascendência sobre ele; como se o manipulasse ao seu bel-prazer. E isso o incomodava. A par de tudo isso, as lembranças libidinosas.

Nos dias em que passara na chácara, como bem o leitor deve estar lembrado, Andrezza havia resolvido mudar de tática. Percebeu que Aramis não gostava de mulheres atiradas. Então, ela seria mais pudica, mais contida. Vez ou outra se perguntava o porquê daquela sua obstinação. Amava Aramis? Ou simplesmente não suportava vê-lo feliz ao lado de Clara? O fato é que ela tinha um sentimento dúbio em relação a ele.

Quando Aramis se transferiu, ela percebeu que ele estava fugindo dela. *"Então, ele deve sentir-se fragilizado. Minha presença o incomoda. Isso me alegra. Se ele não sentisse nada por mim, estaria seguro. Indiferente. Acho que ainda não perdi essa batalha".*

Aramis e Clara não mais voltaram às boas. Havia algo incomodativo entre eles. Ela, escondendo seu verdadeiro problema; ele, sentindo-se atormentado pela lembrança de Andrezza naquela festa de aniversário.

Andrezza pediu para sair mais cedo naquele dia. Antes das férias, havia contatado uma médium sem escrúpulos. Falara-lhe do seu interesse por Aramis:

"Se eu conseguir o que quero, a senhora não se arrependerá".

A médium não pensou duas vezes, embora soubesse estar laborando em grave erro. Muitos médiuns, iludidos pelo dinheiro fácil, têm-se comprometido ao fazer da mediunidade um meio de vida.

Assim, a desatenta médium acertou com ela trabalhar a favor de sua causa, fingindo que aquilo era caridade.

"Não costumo cobrar pelos meus serviços, mas nesse caso, como não costumo trabalhar para as forças do mal, vou precisar de seiscentos reais. Para os despachos, para comprar os Espíritos do astral inferior... a senhora entende" – dissera a mulher.

Andrezza, já havia algum tempo, não conseguindo por si mesma atrair Aramis, recorrera às forças do mal. Desconhecia o carma negativo que estava atraindo a si mesma. De fato, existem, na espiritualidade inferior, Espíritos que se prestam a isso. Quase sempre são escravizados por mentes perversas que os manipulam arbitrariamente.

A fim de conseguirem, a qualquer preço, aquilo que desejam, muitas pessoas vendem – literalmente – "a alma ao diabo". Aliam-se a essas forças trevosas e ficam presas a elas. Podem conseguir o que desejam, mas o preço que pagam é muito alto. Ficam escravizadas a essas forças; perdem a vontade própria para satisfazerem a vontade dos Espíritos obsessores e, quando desencarnam, são levadas por eles como escravos. E têm de pagar o obséquio realizado, prestando serviços espirituais sujos. Soubesse a criatura humana o quanto degrada sua alma ao se unir às trevas, seria mais cautelosa.

Andrezza, todavia, não pensava em nada disso. Analisava o mundo espiritual como se ele estivesse muito distante dela. Era jovem e precisava aproveitar a vida. Precisava mostrar ao marido, que a abandonara, que não estava sozinha, mas que pusera outro no seu lugar. "Outro melhor do que ele".

Seu guia espiritual tentou, inúmeras vezes, chamá-la à razão, mas ela não dera crédito às inspirações ouvidas. O jeito foi levá-la, enquanto dormia, a um lugar no espaço para que ela ouvisse recomendações e advertências.

Enquanto lá estivera, amparada pelo guia, pensara em desistir. Vira que tudo aquilo não levaria a nada, pois sequer amava Aramis de verdade. Mas tão logo retomou o corpo físico, os antigos pensamentos voltaram e com eles as companhias espirituais indesejáveis.

Somos o que pensamos. Vivemos sempre na companhia que escolhemos. Assim, o guia espiritual deixou que ela vivesse suas próprias experiências. Respeitaria seu livre-arbítrio. Era isso o que ela queria? Então, arcaria com as consequências negativas, pois quando tudo falha, a dor resolve. O ser imaturo tem necessidade dela para aprender.

A princípio, Andrezza ficou satisfeita com o "trabalho" da médium. Havia seguido direitinho sua orientação: dera um jeito de acompanhar Aramis nas férias; conseguira seduzi-lo por alguns minutos naquela festa... Não fosse a presença repentina de Yara...

"Se tivesse conseguido envolvê-lo, ele não estaria mais exibindo sua escandalosa felicidade doméstica" – pensava, agora, a infeliz Andrezza.

Algum tempo depois, estava uma vez mais diante da médium.

– Dona Guilhermina, como vai?

– Entre, minha filha, vamos conversar. Está dando tudo certo? Meus Espíritos não falham.

– É... estava indo tudo bem, mas o negócio emperrou...

– Como assim, emperrou?

– Não evoluiu. Tive algum sucesso, mas foi só.

– Como todo mundo, você quer tudo de uma vez. Tenha paciência. Os Espíritos estão trabalhando. Pus uns três nessa empreitada.

– Não acha pouco? Quero dizer... não seria melhor colocar mais?

– Não olhe para a quantidade, minha filha. Olhe para a qualidade. Esses são "barra pesada". Sei que eles estão tendo um pouco de trabalho, pois a mulher do seu amado tem muita defesa. A luz a protege, entende? E ele não é osso fácil de roer. Mas vão dar conta do recado, você vai ver.

– Quero agilizar as coisas. Talvez se a senhora convocasse mais Espíritos...

– Posso até solicitar mais alguns, mas o preço vai subir.

– Quanto?

– Pelo menos mais trezentos reais. Você sabe... Não é pra mim.

– Eu entendo. Amanhã, depositarei a quantia em sua conta bancária.

A mulher agradeceu e disse que logo ela teria uma surpresa agradável.

Naquela noite, Aramis voltou bem tarde para

casa. Clara havia adormecido no sofá, e a televisão ainda estava ligada. Ele não teve vontade de acordá-la. *"Não quero ouvir mais reclamações. Clara está muito diferente. Só sabe ficar chorando pelos cantos... é melhor que fique dormindo aí mesmo. Estou ficando farto disso tudo".*

Desligou a televisão e subiu devagar as escadas, mas desceu em seguida com um cobertor e cobriu Clara. Foi para o quarto, tomou um banho e se deitou. Não conseguia dormir. O lugar da mulher estava vazio, e ele percebeu como ela lhe fazia falta. Dormir ao lado dela era-lhe uma necessidade.

De repente, um vulto escuro o envolveu, seus pensamentos foram até Andrezza, e ele se lembrou das carícias que trocaram havia algumas semanas. Quis rejeitar tais lembranças, mas elas adquiriam vida e se enroscavam nele. Mais... cada vez mais intensas aquelas lembranças. Agora, já não as repudiava. Entregava-se a elas. Seu corpo se contorceu num espasmo de volúpia, e ele desejou que ela estivesse ali com ele. Então, adormeceu e sonhou:

Na aventura onírica, quem primeiro encontrou foi Andrezza. Ela sorria, e ele a enlaçou, beijando-a. Fundiram seus corpos. De repente, ela se afastou. Olhou com ódio para ele: Seu canalha! Finalmente, vai me pagar o desprezo do passado. Lírya ainda está bem viva em mim.

Aramis acordou atordoado. Lembrou o sonho. "Mas ela não me ama? Não tem tentado me seduzir esse tempo todo? E quem é Lírya?"

O vulto negro envolveu-o novamente:

"Amar você? Não! Ainda que fosse o último homem da Terra. Quero apenas que sofra. E, no entanto, você é feliz. Você não merece ser feliz. Não depois do desprezo do qual fui vítima".

Já agora não era Andrezza quem estava ali. Era uma menina. Uma menina de treze anos. Indefesa. Olhos assustados. Ele era um soldado ferido. Aquela menina cuidava de seus ferimentos, e, no lugar do agradecimento por tanta dedicação, ele a estuprara. Depois, foi viver sua vida como se nada houvesse acontecido. Agora, o banco da vida lhe entregava a promissória com juros e correção monetária. Ninguém foge de si mesmo. Tudo está devidamente registrado e, cedo ou tarde, vem à tona.

Aramis saiu da semiconsciência gritando o nome de Andrezza. Quando abriu os olhos, Clara estava do seu lado. Ouvira os gritos do marido e correra até o quarto.

– Clara... Que pesadelo!

– Você chamou por Andrezza.

– Estava sonhando... mas não é o que você pensa.

Clara olhou-o, mortificada.

– Acho melhor você rever seus sentimentos. Se já não me ama, e, sim, a ela, não tem sentido ficarmos juntos.

Aramis sentou-se na cama. Estava ainda atordoado.

– Não diga bobagens.

– Ultimamente, acha que tudo que falo é bobagem. – E começou a chorar.

– Por favor, Clara! Mais chororô não!

– Por que você me deixou lá na sala? E por que chegou tão tarde?

– Fui tomar uma cerveja com alguns amigos. Estava muito quente... eles me convidaram, e eu fui. Não cometi nenhum crime, ora essa!

– Você nunca me deixou dormir no sofá.

– Era muito tarde, e eu não queria que você acordasse. Só isso. Agora venha. Deite-se aqui ao meu lado.

Clara deitou-se. Aramis abraçou-a. Mas a impressão desagradável ainda persistia.

Antes de adormecer, ela orou a Deus, rogando proteção. E a sombra recuou ante a luz.

Também Andrezza estivera dormindo.

"Sonhei com Aramis. Acho que nos encontramos em corpo espiritual. Tudo me pareceu real. Ainda sinto a presença dele. Mas eu briguei com ele. Lembro que tive um prazer imenso em agredi-lo... Por que será? Por que será que às vezes me aflora uma revolta tão grande em relação a ele? Será que os espíritas estão certos quando dizem que já vivemos outras vezes? Em

outros corpos? Mas não! Deve ter sido apenas um desses sonhos sem pé nem cabeça".

Então, percebeu uma sombra adentrando seu quarto. Arrepiou-se toda. Teve medo e tentou orar. O espectro se aproximou, e ela sentiu aquela presença materializada. O medo a dominou, e ela sentiu-se possuída por ele. Não pôde safar-se. Estava enfraquecida, sua cabeça rodava, e ela, lânguida, sentiu que aquela criatura sugava suas energias vitais. Não precisou quanto tempo permaneceu naquela simbiose. Quando conseguiu se levantar, sentiu-se tremendamente fraca e doente. Lembrou-se da lenda do demônio masculino (íncubo) que, à noite, vai dormir com uma mulher. Arrepiou-se. *"Talvez eu tenha mexido com forças negativas ao contratar os serviços das trevas. Acho que não vou mais lá. Cruz-credo"* – e se persignou.

Na semana seguinte, não apareceu no serviço.

Aramis soube que ela estava muito doente, e alguns colegas combinaram de visitá-la e o convidaram. Ele teve vontade de vê-la. *"Afinal, vão todos os colegas. Vai ficar mal eu não ir".*

Andrezza estava realmente abatida e recebeu os amigos com pouco ânimo.

Fitou Aramis e se lembrou do sonho.

Mais uma semana, e retornou ao serviço. Estava melhor, mas jurou a si mesma que não mais procuraria o serviço dos Espíritos trevosos. *"Aramis não vale todo o desconforto que tive por causa dessa besteira. Não vou procurar mais os serviços de dona Guilhermina".* Mas isso não queria dizer que tivesse desistido dos seus intentos em relação ao colega.

Numa tarde em que o encontrou, procurou ser bem discreta, como se não tivesse o menor interesse nele. Sabia, agora, o quanto ele abominava as "atiradinhas".

– Aramis... e a Clara, como vai?

– Tudo bem. E você? Já se recuperou completamente?

– Completamente não, mas estou bem melhor. Olha, durante a minha doença tive tempo para meditar bastante e vi o quanto tenho sido inconveniente. Você me desculpa?

E fez a cara mais inocente do mundo, sorriu, timidamente, e se despediu.

Aramis ficou pensativo. Realmente, Andrezza estava modificada. "Melhor assim" – pensou.

Então, a sombra o envolveu, e ele saiu atrás dela.

– Espere. O que vai fazer após o expediente?

– Nada. Vou pra casa. Estou cansada.

– Não quer tomar uma cerveja antes?

Andrezza sorriu por dentro. *"Será que aqueles Espíritos ainda estão trabalhando a meu favor? Eu não voltei mais lá... Não pedi mais nada... Não tenho nada a ver com isso".*

– Bem, se for por pouco tempo, tomo um refrigerante enquanto você toma cerveja. Agora não bebo nada que contenha álcool, e você deveria fazer o mesmo.

– É... realmente, você está mudada.

No barzinho, eles conversavam animadamente. De repente, como quem não quer nada, Andrezza tocou no assunto que havia muito queria revelar.

– Você e a Clara voltaram lá na casa de campo do avô da Yara?

– Não. Não voltamos mais. – E por reflexo condicionado, ele se lembrou da festa de aniversário.

– Aquele rapaz... o filho do caseiro...

– Eu nem olhei direito pra ele. Por quê? Que tem ele?

– Clara tem bastante amizade com ele, não tem?

Aramis olhou para ela, surpreso.

– Clara? Amizade com ele? O que você está dizendo?

– Ahnn... Desculpe-me... Não devia ter tocado nesse assunto...

– Espere aí! O que realmente você quer falar?

– Nada. Não é nada. Vamos mudar de assunto.

– Não senhora! Começou... agora termine.

Andrezza fingiu-se de muito constrangida. Disse que não era de fazer fofoca, que não era da sua conta, mas que doía ver pessoas sendo enganadas.

Aramis ficou vermelho. Sentiu vontade de esganá-la. Aquela insinuação...

– Fale. Que tem Clara a ver com o maldito filho do caseiro?

– Calma! Eu não afirmei que aconteceu alguma coisa entre eles! Só achei estranho...

– O quê? O que você achou estranho? Fale, criatura.

Aramis falou alto, atraindo a atenção de algumas pessoas e do garçom.

– Fale baixo, por favor. Senão me levanto e vou embora.

– Está bem. Agora fale.

– Naquele dia, quando você saiu para procurar um mecânico para o conserto dos carros danificados, eu fiquei lá com Clara. Lembra-se?

– Lembro-me. Continue, droga!

– Eu estava na piscina tomando sol quando ouvi algumas vozes na cozinha. Fui até lá e, para minha surpresa, Jairo, o filho do caseiro, estava segurando as mãos de Clara.

Aramis ficou desfigurado. Tremia. Entornou garganta abaixo todo o copo de cerveja. Pediu outra.

– Continue.

– Só se você prometer ficar calmo. Está tão perturbado que pode infartar...

– Ao diabo com o infarto. Fale de uma vez!

– Bem, quando eu entrei, eles ficaram sem graça. Ele soltou a mão dela e se foi.

Aramis estava branco. Olhava de um lado a outro, como a se convencer de que ninguém ouvira tal revelação. A vida estava fugindo do seu controle. Sua boca amargou e respirava com dificuldade. Mas não! Com certeza aquilo era uma mentira sórdida de Andrezza. Clara era uma mulher decente; ele fora seu primeiro e único namorado. Mas... ultimamente, ela estava tão diferente... aquela mania de tomar banho várias vezes ao dia... de se sentir sempre suja... Será que a colega tinha razão? Teria Clara se apaixonado pelo rapaz e, agora, sua consciência íntegra a estava torturando?

– Juro que, se você estiver inventando isso, vai pagar bem caro. Eu confio plenamente em Clara. Ela seria incapaz de uma atitude incorreta. Você, sim, está a fim de acabar com meu casamento e vem com essa história sórdida. Você não presta! Nunca mais se aproxime de mim.

– O pior cego é aquele que não quer ver – disse a moça.

Andrezza percebeu que Aramis não poderia conter as lágrimas por muito tempo e sensibilizou-se. No íntimo do ser, sentiu que alguma coisa despertava nela: um sentimento fraterno... agradável... brando... que partia do seu coração como suave refrigério. Incoerências humanas.

Olhou-o, disposta a suavizar o que contara, pois não fora honesta. Omitiu que Clara e Jairo pareciam discutir e que ele segurara o pulso dela para evitar uma bofetada. Abriu a boca para falar quando foi envolvida por uma sombra escura. Imediatamente, mudou suas intenções. *"Aramis precisa sofrer... Não sei bem por que, mas precisa".* – E repudiou os sentimentos fraternos que haviam aflorado.

– Aramis... sei que não é fácil... – e, colocando no rosto uma expressão suave, tomou as mãos dele entre as suas. – Não estou lhe contando isso por maldade, creia-me. Há muito compreendi que devia me afastar de você. Não quero saber de mais ninguém em minha vida... já sofri muito...

Aramis retirou suas mãos e olhou para ela. Lágrimas desceram, e ele tentou escondê-las.

– Só lhe contei porque não quero ver alguém que muito estimo enganado em sua boa-fé. Mas não quero nada de você. Mesmo que você e Clara se separem, "tô fora". – E, dissimulada, forçou algumas lágrimas.

Aramis tomou sua cerveja em silêncio, pagou a conta e se retirou sem mesmo se despedir de Andrezza. Sofria terrivelmente.

Não foi imediatamente para sua casa. Precisava pensar. Não queria ser precipitado e acusar Clara. Mas tudo que Andrezza lhe dissera fazia sentido. Desde aquela noite, a mulher se mostrava outra pessoa. Sempre chorosa... sempre pensativa... Gemente...

Em um banco da praça, sentou-se e chorou. O

sino de uma igreja bateu, ao longe, e ele se lembrou de Deus. Lembrou-se também de sua mãe, que havia partido para a espiritualidade e, qual criança, regressou aos dias da infância feliz, conseguindo um pouco de paz para o Espírito atormentado.

Quando chegou, Clara estava no banho. Ele a espiou através do vidro e balançou a cabeça. Teria de falar com ela, esclarecer aquele mal-entendido.

Clara não o vira chegar. Era cedo e com certeza o marido ainda estava fora.

Ao sair do banho ouviu barulho na sala. Aramis havia ligado a televisão. Um vulto escuro aproximou-se dela. Então... a cena daquela noite amaldiçoada voltou. Ela descontrolou-se. Lá embaixo, esperando por ela, não viu o marido, mas, sim, o estuprador.

– Nãããooo! Vá-se embora daqui! Socorro!

Aramis levou um susto. Subiu correndo a escada e deparou-se com Clara, envolta em uma toalha. Tinha os olhos esbugalhados, tremia e chorava. Não reconheceu de imediato o marido. Olhou-o, alucinada, e disse: "Vá-se embora. Meu marido pode chegar a qualquer momento. Vai matar você... Meu Deus! Ajude-me!"

– Clara, controle-se. Sou eu, Aramis. O que está acontecendo? Do que está falando? – E a sacudiu com força.

Só depois de algum tempo Clara conseguiu coordenar os pensamentos. O que se passara? Ela não se recordava de nada.

– Aramis, o que aconteceu?

– Eu é que pergunto. O que aconteceu, Clara?

– Não sei. Havia saído do banho quando ouvi barulho lá embaixo. Acho que me assustei. Você nunca vem cedo pra casa. Achei que fosse...

– Que fosse... quem?

– Algum ladrão, algum malfeitor.

– Clara, precisamos conversar. Ponha uma roupa e desça.

A mulher nem percebeu que ele tinha os olhos vermelhos e estava tremendamente nervoso.

Aramis desligou a televisão. Clara desceu em seguida. Ainda tremia.

– Quer conversar? Pode falar.

– Preciso que você seja sincera; que confie em mim.

– Sempre fui sincera.

– Sente-se e ouça. Venho notando que você está diferente; parece outra, não é mais aquela Clara que conheci. Desde aqueles dias na casa de campo do avô da Yara que você mudou.

Clara torcia as mãos. Voltar àquele assunto era o que ela menos queria.

– Não sou só eu que estou diferente. Você também não é mais o mesmo. Maldita hora em que decidimos passar férias lá.

– Por favor... não me interrompa. Depois você fala o que quiser; agora, só ouça, estive conversando com Andrezza hoje, e ela me disse algo que me deixou atordoado. Não sei o que pensar, mas sua atitude de agora me faz ver que talvez ela tenha falado a verdade.

Clara só então percebeu que ele não estava bem. Viu seus olhos vermelhos e seu descontrole.

– Desde quando você e Andrezza são tão íntimos? Seriam falsas suas declarações sobre ela?

– Isso agora pouco importa. Não tente me confundir para fugir do assunto.

– Meu Deus! Do que você me acusa, afinal? O que Andrezza andou falando?

– O fato é que você, ainda agora, pedia para alguém ir embora... Consciência culpada?

Clara emudeceu. Implorou a Deus que a ajudasse naquele momento. Ia contra-argumentar quando Aramis impôs silêncio:

– Ainda não acabei. Ouça até o fim. Depois, justifique-se, se puder.

Ela se calou.

– Andrezza me contou que surpreendeu você e aquele rapaz, filho do caseiro, em atitude muito suspeita. De lá pra cá você tem estado diferente. Tem pesadelos... Sente-se suja... Remorsos, talvez?

Aramis parou. Estava sufocado. Clara, ao

contrário dele, de repente, ficou serena, apesar da dor fina que parecia lhe rasgar a alma.

Suave claridade a envolvia. Contudo, nada disse, esperou que o marido terminasse de falar.

– Eu sei que não tenho sido o companheiro sempre presente; que tenho lhe causado, algumas vezes, decepção, mas sempre fui leal. Nunca traí você. Se você se cansou, se está gostando de outro, podemos nos separar. Divórcio é para isso. Somos jovens, podemos refazer nossas vidas.

Uma mágoa profunda abateu-se sobre Clara. Separar-se dele? Do único amor de sua vida? Não! Ela não suportaria.

Suas mãos ficaram geladas. A boca secou. Um formigamento percorreu-lhe o corpo, e ela desmaiou.

Viu-se leve. Solta. Caminhando entre nuvens. Lá embaixo, o burburinho da cidade, as luzes que piscavam... piscavam... as casas que iam ficando cada vez mais para trás, tornando-se pequenos pontos. E o céu... o céu cada vez mais próximo... exibindo sua colcha de luz. A lua enorme, brilhante, a fazer sua ronda.

– Não se assuste, Clara. Você vai repousar um pouco, entender algumas coisas para haurir forças. Não se deixe abater pelo desânimo. Sei que você quer morrer, mas ainda não é tempo de retornar. Cada dia traz as suas surpresas e é preciso vencê-las.

Clara não pôde ver quem assim lhe falava, mas se aquietou.

Estava, agora, sentada em um banco de jardim. Admirou-se com a beleza das flores, que pareciam emitir luz.

– Que estou fazendo aqui? Por acaso a morte...

De novo a voz lhe respondeu:

– Que morte? A morte não existe. O que há são transformações. Há sempre vida. O Espírito é uma criação de Deus, que é eterno. Nós somos criações Dele, então, também somos eternos. Só o corpo, a vestimenta provisória do Espírito, é que se desintegra um dia; que volve ao pó. Mas essa morte é o grito de liberdade do Espírito. Natural e originalmente somos todos Espíritos. Estarmos reencarnados é uma situação provisória para evoluirmos, pois, quando encarnados, vamos vivenciar situações diferentes que nos obrigarão a evoluir.

Por alguns segundos o silêncio se fez. Depois, a voz continuou:

– Deus nos criou sem vícios, nem virtudes; simples e ignorantes. Não perfeitos, mas perfectíveis. Ele nos deu a liberdade de crescermos por nós mesmos. Deu-nos o livre-arbítrio para agirmos de conformidade com a nossa vontade; deu-nos também um juiz interior, que se chama consciência, para podermos escolher nosso próprio caminho e não culpar ninguém pelos nossos desatinos. Somos responsáveis por aquilo que fizermos, mas a bondade e a justiça Dele sempre nos facultam os meios de voltar e corrigir o que fizemos de errado. Uma das finalidades da reencarnação também é essa: retificar o que fizemos de errado e provar na própria pele o que fizemos a outros. Aprendizado e justiça sob os olhos amorosos do Criador.

– Eu, então, devo ter errado muito.

– Nem toda dor, nem todo sofrimento pelo qual passamos é consequência de nossos erros. Na maioria das vezes o é, porém, pode ser também os testes necessários para a nossa evolução; para saber se já consubstanciamos em nós o aprendizado. No seu caso, é um sofrimento por amor; para ajudar seu marido, sua alma afim, a carregar a própria cruz. Você não se lembra, mas se dispôs a isso. Seu mérito, na boa execução, ser-lhe-á creditado.

Aramis estava aflito. Clara tinha desmaiado, e ele não estava conseguindo fazê-la voltar a si. *"Se ela morrer... Não permita, meu Deus! Eu serei o culpado... Clara, por favor, volte. Volte para mim, Clara, não me deixe sozinho neste mundo... Não saberei viver sem você"*.

– Clara, retome seu corpo físico. Aramis está desesperado.

– Não... ele não me ama mais. Quer separar-se de mim. Quer ficar com Andrezza.

– Não seja tola. Ele a ama do mesmo modo. Só está perturbado pelo que Andrezza contou a ele. Vocês precisam tomar cuidado com ela. Agora vamos. Retorne.

– Está tão calmo aqui... Tão bom... Sinto-me cansada. Quero ficar... Repousar... Esquecer...

– Se não voltar, será considerado um ato de rebeldia; um suicídio. E essa paz que você diz estar sentindo se transformará no mais cruel sofrimento. Você aceitou correr esse risco por amor a ele. Agora, não pode voltar atrás. Tem de ir até o fim.

Ela compreendeu.

– Clara... Graças a Deus, você voltou!

– Estou estonteada... O que aconteceu?

– Estávamos conversando, e você desmaiou.

Ela, então, lembrou-se. Olhou para ele, ainda não acreditando no que ouvira.

– Você sugeriu que nos separássemos... Não confia mais em mim...

– Clara, não vamos mais falar nisso... Deve ser calúnia de Andrezza, aquela desqualificada!

"Meu Deus! O que faço? Conto a ele? Mas ele ficará em pior estado. Sei que irá atrás daquele infeliz e o matará... ou morrerá... Não, melhor que ele não saiba".

– Precisamos cortar relações com Andrezza. Ela não suporta nos ver juntos e faz de tudo para nos separar. Mas, ultimamente, parecia tão diferente... tão desinteressada de mim, que julguei...

– Não se iluda com a transformação dela. Ela

apenas mudou de tática. No fundo é uma infeliz e não vai sossegar enquanto não acabar com nosso casamento.

Abraçaram-se.

– Vamos esquecer tudo isso. Não quer sair um pouco? Há muito tempo, não vamos ao cinema. Acho que merecemos.

Clara não tinha nenhuma vontade de sair. Estava, ainda, muito abalada. Mas para não contrariar o marido, aceitou.

12

A GRAVIDEZ DE CLARA

Se a afoiteza não fosse uma característica nossa, se conseguíssemos confiar mais em Deus, com certeza sofreríamos bem menos.

Depois do longo desmaio de Clara, Aramis não mais tocou no assunto espinhoso. Isso não quer dizer que tivesse esquecido as palavras de Andrezza em relação à suposta infidelidade dela. Apenas resolveu guardar para si mesmo as dúvidas. No íntimo, confiava em Clara; sentia que ela não seria capaz de cometer algo tão indigno. Mas não entendia o porquê do atual procedimento dela, seus medos, seu complexo de sujeira, seus constantes suspiros.

Sugeriu que ela procurasse um médico, um psicólogo ou um psicanalista para ajudá-la naquela fase difícil.

Clara ia adiando a consulta. Não acreditava que alguém pudesse fazer alguma coisa em seu benefício e ela teria de contar aquilo que queria esquecer.

Quase dois meses já haviam-se passado desde os tristes acontecimentos.

Um dia, após o café da manhã, Clara sentiu-se enjoada. Correu para o banheiro, com náuseas. Aramis foi atrás.

– Clara, o que foi?

– Já está passando. Para ser sincera, tenho sentido algum desconforto, principalmente depois que me alimento.

Então, a ficha caiu.

– Clara! Você está grávida! Quando foi a sua última menstruação?

Clara mal podia acreditar. Seria bom demais. Enfim, depois de tanto sofrimento, a vida lhes premiava com um filho.

– Aramis... será? Meu Deus, permita que seja mesmo gravidez! Com tantos problemas que tivemos, nem percebi que minha menstruação está atrasada.

– Quando você menstruou pela última vez? – perguntou novamente.

Clara pegou uma folhinha e contou os dias.

– Foi... foram quinze dias antes de sairmos de férias – E estremeceu. Toda alegria deu lugar ao pavor. Ficou branca. Aramis percebeu sua repentina transformação.

– Você está pálida! Vamos, acalme-se. Acho

que a emoção foi muito forte... Esse filho é tão esperado...

– Aramis, ainda não sabemos ao certo. Pode ser que eu não esteja grávida. Não vamos criar expectativas...

– Marque já uma consulta. Quero ter certeza. Que maravilha saber que logo teremos uma criança correndo por aqui. Vamos fazer o seguinte: se for menino, eu escolho o nome, se for menina, você escolhe.

Clara nem ouvia. A suspeita caiu-lhe n'alma como ácido corrosivo. Sentiu um amargor na boca. Correu para o banheiro e tornou a vomitar.

– Eu mesmo vou marcar a consulta. Qualquer dia está bem pra você? – E abraçou a esposa, rodopiando com ela, feliz feito uma criança que ganhou o presente sonhado por tanto tempo.

Clara tentava sorrir e mostrar despreocupação, todavia, a dúvida se instalara em seu coração. O filho poderia não ser de Aramis, e, sim, do filho do caseiro; do estuprador. *"Pai divino, não permita! Seria doloroso demais!"*

– Você não me parece muito entusiasmada, Clara. Não queria esse filho tanto quanto eu?

– Claro que sim. Só Deus sabe o quanto tenho pedido pela bênção de ser mãe novamente... Só quero ver primeiro o resultado dos exames. Pode ser um simples atraso... Uma indisposição passageira...

– Espero que não seja. Dessa vez, teremos nosso filho. Algo me diz que você está grávida, sim, minha querida!

– Deus é quem sabe. *"Meu Deus! Tanto desejei esse filho... Agora, essa dúvida... O que farei? Aramis não merece ser enganado. Se, de fato, eu estiver grávida, pedirei para fazer alguns exames. Acho que se pode fazer teste de DNA antes de a criança nascer... Vou me informar. Se for filho do Aramis, serei a mulher mais feliz do mundo. Se não for... Se engravidei daquele maldito estuprador, então a lei me beneficia com a descriminalização do aborto".*

E, ao pensar em aborto, estremeceu. Sempre lutara contra. Sabia que era um crime. Mas como carregar no ventre o filho de um estupro? De uma violência? Poderia amá-lo? Todas as vezes que olhasse para ele haveria de se lembrar... – e novamente aquelas cenas voltaram. Impiedosas, amarfanhando-lhe a alma.

13

O ESTUPRADOR

Todos buscamos a felicidade. Às vezes, de forma equivocada... entre lamentações e rebeldias.

A vida de Jairo havia mudado após ter cometido aquela atrocidade com Clara.

Depois de ter amado Leyla com o ardor de sua juventude, depois de tê-la violentado brutalmente no dia do casamento dela, seu coração havia-se petrificado. Ali não florescia mais nenhum sentimento bom. Era terra estéril. Ressequida. E o rosto endurecido era o retrato fiel da alma.

Já conhecia Clara de outras vezes que a vira como hóspede na casa de campo. Desde a primeira vez, o jeito simples dela o cativara, e ele julgou que talvez seu coração não estivesse morto para o amor.

Insinuou-se a ela. Fez de tudo para chamar sua atenção, ignorando o fato de ela ser casada. Não foi sequer percebido pela mulher. Passara, então, a ter sonhos libidinosos com ela. *"Da próxima vez em que ela vier aqui, vou tomá-la à força. Só assim ela poderá ser minha; só assim deixará de me ignorar como se eu não fosse ninguém; como se eu não existisse".*

Assim, foi com prazer que, naquela ocasião, arrumou a casa para a chegada dos hóspedes. Clara e o marido estariam entre eles. Esperou o momento certo, quando todos saíram, e ela ficou só.

Concretizado seus intentos, sentiu que também ele fora vítima. O que deveria ter sido uma simples aventura para sua mente doentia foi transformando-se em uma paixão obstinada. E com a mesma violência e descontrole emocional com que amara Leyla, passou a amar (amar?!) Clara.

Sabia que era um amor impossível. Sabia que aquela mulher jamais lhe daria uma oportunidade para mostrar seu amor. Mas era jovem e achava que poderia tentar. Não deveria deixar passar a oportunidade de ser feliz, de ter para si a mulher que julgava amar. Equivocado quanto às verdades da vida eterna, dizia a si mesmo: Só se vive uma vez. Não posso perder a oportunidade.

Em vão, as forças do bem tentavam chamá-lo à razão. Ele só pensava em Clara, como vê-la novamente, como chegar até seu coração, como fazê-la esquecer o marido... *"Talvez se eu a procurasse... Se me desculpasse... Não posso perdê-la como já perdi Leyla... Agora que ressuscitei para o amor..."*

Então, lembrou-se de Andrezza.

"Aquela andava dando em cima do marido dela. É uma piranha. E se eu a procurasse para pedir o endereço de Clara? Tenho certeza de que ela colaboraria de bom grado".

E, tomado de uma sensação selvagem, relembrava a aventura que vivera com Clara. Queria repetir novamente, mas não daquele jeito, tendo um revólver na mão; causando medo e dor a ela... Sonhava que Clara também o amava. Que lhe fazia carícias. E em seus devaneios misturava as duas mulheres: ora era Clara que lhe declarava amor, ora era Leyla, ora as duas.

Pensou que talvez devesse fazer uma plástica corretiva. Aquela boca, pendendo ligeiramente para um dos lados, tornava-o feio. A perna manca... bem, poderia consultar um ortopedista e usar uma palmilha. Compraria algumas roupas e não mais trabalharia como caseiro. Tinha estudo e poderia conseguir um emprego melhor. O pai ficaria ressentido, pois ele era seu braço direito nos serviços do sítio, mas, o que fazer? Precisava pensar na sua felicidade.

Procuraria Clara. *"Ser casada não é defeito, e poderemos fugir para longe. Não é preciso nem divórcio. Papel não quer dizer nada. Eu a farei feliz. Aquele babaca do Aramis não merece uma mulher como ela"* – pensava. E se envolvia em nuvens escuras que alimentavam a sua insensatez.

Uma ocasião retornou à capela onde Leyla deveria ter-se casado não fosse a intromissão dele e, na sua loucura, pensava em levar Clara para lá e pedir uma bênção para a união deles.

Sentou-se em um banco e contemplou Jesus

na cruz do seu martírio. Em um nicho ao lado, Santa Clara. *"Santa Clara... Clara... Minha Clara... Leyla... Doce Leyla... Onde você estará agora? Teria me esquecido? Esquecido aquela tarde chuvosa, quando fomos tão felizes? Oh, por que as mulheres têm de ser assim? Não percebem que estão tão próximas daquele que poderá lhes fazer felizes. Aventuram-se em busca de outros... E acabam nos forçando a uma situação desagradável. Malditas. São as Evas tentadoras de todos os tempos... Nós... pobres Adãos que não resistimos aos seus encantos..."*

Jairo estava completamente subjugado pelos obsessores e caminhava rapidamente para a loucura.

O crepitar de algumas velas acesas o despertara de seus devaneios. Apassivou a alma. Deixou que a paz de Cristo Jesus e de Santa Clara o envolvesse. Sentiu-se pequeno e lembrou-se da mãe, que não chegara a conhecer direito. Repassou sua vida; os crimes contra mulheres indefesas que sofreram sua violência sexual... Quanto trauma havia provocado? Quanta dor... Quantas separações? Haveria ainda alguma saída para ele?

Alguém se aproximou dele. Um ser etéreo. Mãos translúcidas pousaram sobre sua cabeça. Ele sentiu um forte arrepio e se persignou. Olhou ao seu redor, mas nada viu. Fechou os olhos, talvez pudesse ver com os olhos da alma. Nada viu, mas sentiu que seu corpo se amolentava; que uma paz nunca antes conhecida o envolvia. Seu coração bateu forte, e ele se lembrou novamente da mãe. Daquela mãe que muito o amara e que partira para o mundo dos Espíritos quando ele tinha apenas cinco anos. Jamais alguém pôde preencher o vazio que então ficou. O frio da alma jamais foi aquecido. Sentiu que lágrimas lhe desciam rosto abaixo. E no imo da alma ouviu:

"Filho meu, o que está fazendo de sua vida? Por que se afastou tanto de Deus? Não sabe que somos eternos, que jamais morremos e que temos de prestar contas dos nossos atos a Deus-Pai? Não sabe que seremos os ceifeiros da nossa lavoura de cardo?"

Jairo sentiu um calafrio a lhe percorrer o corpo. Gemeu baixinho. Estaria ficando louco? Era sua mãe quem ali estava a lhe censurar a vida? Seria verdade que os mortos não estão mortos? Será que seremos mesmo julgados pelo mal que fizermos? – vinham-lhe à mente numa torrente de aflição.

Então, sentiu medo.

Havia alguém ali com ele. Sua mãe falecida? Mas era sua mãe! Por que, então, ter medo? Ela jamais o magoaria. Mas ele não queria saber da vida em outro mundo; não queria saber de outras vidas; não queria saber se o Espírito morre ou não. Seria horrível! Ele teria de pagar todo o mal que até então fizera. E eram muitos males. Melhor acreditar que aquilo tudo não passava de uma impressão de sua mente perturbada pela paixão por Clara.

"Ah... meu filho! Pensei que, desta vez, você fosse me ouvir; que soubesse o que está plantando... Filho, não cultive tanto espinho, que sua colheita lhe será dolorida. Não procure mais por Clara. Você já a fez sofrer muito. Até hoje ela não se esqueceu daquela infeliz noite. Ah, filho, que abismo você está cavando entre nós! Como está se afastando de todos que o amam... Pense, meu filho. Refaça seus planos. Fique perto de seu pai e o ampare, pois ele não terá mais muito tempo de vida física".

Jairo imaginou que tudo o que ouvia, através dos tímpanos espirituais, não passasse de uma ilusão causada por sua fraqueza. Havia entrado ali e se tornado tão melífluo quanto uma mulher – pensou. E acrescentou:

"Isso não acontecerá novamente. A esta altura não vou me deixar enrolar por sugestões tolas. Nunca fui do tipo místico e não vou começar agora. Quero viver a vida. Viver o que a vida me deve, pois ela sempre me tirou tudo. Primeiro, tirou minha mãe, depois, Leyla. Agora quer que eu renuncie a Clara, a única mulher que pode substituir Leyla em meu coração. É justo isso? Para os outros, tudo? Para mim, nada?"

Saiu dali às pressas. Lá fora, mais formas escuras o envolveram.

Depois de algumas semanas, realmente fez o que planejara. Somente não conseguiu fazer a plástica corretiva. O plano de saúde não a cobria, e ele não tinha o dinheiro necessário para fazer por conta própria. Mas conseguiu abrandar a diferença das pernas com palmilhas corretivas. Renovou seu guarda-roupa com grifes famosas. Parecia outro. Arrumou um serviço na mesma cidade onde Clara morava e começou a procurar por Andrezza. Queria o endereço de Clara e contava obtê-lo por intermédio dela.

14

CAMINHOS DA VIDA

"A primeira condição para ser feliz é saber sofrer."
(Vinícius)

Aramis não cabia em si de alegria. Naquele dia, Clara faria os exames para saber se realmente estava grávida.

Coração aos pulos, ela entrou no consultório. Após os exames preliminares, o ginecologista sorriu e lhe disse:

– Pelo que relatou, penso que a cegonha não brincou em serviço.

E sorrindo para Clara:

– Não posso lhe afirmar, mas penso que o exame laboratorial deverá confirmar a gravidez. Parabéns. Imagino que logo poderá começar a fazer o enxoval do bebê.

Aramis abriu um enorme sorriso:

– Eu sabia! Sabia! Obrigado, doutor.

Clara não pôde conter um gemido agoniado. Aquele seria o momento mais feliz de sua vida não fosse aquela suspeita. Então, tudo lhe voltou à mente: O temporal. O telefone mudo. O homem, como um animal, invadindo seu corpo; agredindo sua alma. E deixando, talvez, dentro de si, a sua semente...

– Clara, você está se sentindo bem? Está pálida!

– Sente-se aqui, senhora. Acho que a emoção foi forte demais... Desculpe, eu deveria ter sido mais cauteloso.

A cor havia fugido de seu rosto. Suava. Estremunhada, ela se levantou e foi ao toalete. Vomitou. Quisera estar sonhando. Mas não! Era verdade. Estava esperando um filho. E se não fosse do marido? *"Santo Deus! Como pôde acontecer isso?!"*

Aramis, aflito, observava a esposa. Não compreendia por que ela tivera aquela reação, como se tal gravidez a incomodasse.

Ao saírem do consultório e entrarem no carro, de volta para casa, perguntou-lhe:

– Clara, é impressão minha ou você está triste com a gravidez?

– Triste? Não. Estou muito feliz – mentiu.

– Não é o que parece. Está sisuda desde a hora em que soube.

Clara tinha as lágrimas represadas e fazia um

esforço enorme para não chorar. Engolia em seco e pedia a Deus que a amparasse naquele momento; que lhe indicasse qual o melhor caminho a seguir. De repente, lembrou-se de que já ouvira aquilo no dia da violência, em corpo astral, quando um Espírito alvinitente rasgara o céu e viera socorrê-la em sua angústia. Referiu-se, na ocasião, a um caminho que ela deveria escolher: "*Em um futuro não muito distante você terá dois caminhos a seguir: Um lhe trará paz; a paz do dever cumprido; um avanço rumo ao Pai criador. O outro lhe trará estagnação e mais sofrimentos. Você já tem alguma sabedoria dentro de si. Saiba escolher o caminho correto*".

– E então? Fale. O que a preocupa? Tem medo de que aconteça novamente o que aconteceu com Júnia? É isso?

Sem querer, Aramis lhe deu uma desculpa para sua angústia.

– É isso mesmo! De repente, pensei na nossa pequena Júnia... que partiu tão cedo, deixando tanta saudade. E se acontecer de novo? Eu morreria de desgosto!

Chegaram. Aramis abriu-lhe a porta do carro, e ela desceu.

– Clara, não fique alimentando pensamentos negativos. Pelo amor de Deus! Isso não vai acontecer de novo! Não vai!

– Mas, Aramis, ainda não temos certeza. E se não for gravidez? Não acha melhor esperarmos até saber o resultado dos exames?

– Tenho vontade de dizer a todo mundo: Vou ser pai! Vou ser pai!

– Por favor, não faça isso! Vamos esperar.

– Está certo. Vamos esperar, mas no íntimo eu sei: Você está grávida. Tem de estar! Obrigado, meu Deus!

Clara sentiu-se mal pelo resto da tarde. Aramis deixou-a em casa e foi trabalhar. Estava eufórico. Desde que a filha se fora, um vazio incomodativo não o largava. Mas tinha esperanças. Eram novos, e com certeza outros filhos viriam. E não se enganara, pois agora Clara esperava um filho.

"Se for um menino, vou lhe dar o nome de meu avô materno. Gregório é um belo nome. Másculo. De personalidade. Meu avô Gregório era um homem como poucos. Um autodidata. Inteligentíssimo. Saiu do nada. Sozinho, sem ninguém aqui no Brasil. Veio da Europa em um navio. Era ajudante de cozinheiro. Aqui, soube ver adiante. Fez fortuna. Grande homem..." – pensava Aramis.

Clara teve vontade de desabafar com Cláudia, a única amiga em quem confiava. Deveria contar a ela sobre o estupro que sofrera havia quase dois meses? Até aquele momento não contara a ninguém. Era um segredo guardado a sete chaves. E por não ser compartilhado, ameaçava sufocá-la.

Pensou muito e resolveu esperar. Talvez os exames não confirmassem a gravidez, então ela teria contado sem necessidade. Havia, ainda, a possibilidade de abortar. Nisso a lei estava a seu favor. Mas teria que primeiro fazer o teste de DNA, para saber com certeza. Seria horrível abortar o filho de Aramis; o filho que tão ansiosamente esperavam. Mas como fazer isso sem que o marido soubesse? E como, depois desse tempo todo, iria provar que realmente fora estuprada? Não errara em não ter ido à polícia? Em não ter contado ao marido? Não deveria ter feito, na ocasião, um exame de corpo de delito? Agora estaria a salvo para fazer o aborto, caso o filho não fosse do marido.

Havia o problema da consciência, pois sempre fora contra o aborto. Sempre defendera a preservação da vida em qualquer, **qualquer** circunstância. Cláudia era espírita. Com certeza, se contasse a ela, o aborto estaria fora de cogitação. Ela saberia mostrar que muitas vezes estamos vendo apenas um lado da moeda, teria argumentos imbatíveis e, depois de ouvi-la, não teria coragem de abortar. Melhor nada dizer. Faria o que tantas vezes condenara em outras mulheres. Depois... Só Deus sabe como viveria o resto de sua vida.

Naquela noite, dormiu mal. Demorou a conciliar o sono e sonhou:

Estava em um consultório de terceira categoria. Fora lá para se livrar do filho. Do filho que tanto pedira. Agora sabia. A criança que esperava era do maldito estuprador. Estava se desenvolvendo no seu útero como um invasor alienígena, um usurpador; alguém que chega e se instala, sem cerimônia, em domicílio alheio.

De repente, Jairo, o suposto pai da criança, apareceu. Estava triste. Aproximou-se dela e pediu perdão. Depois, ajoelhou-se a seus pés e suplicou que não tirasse seu filho; que ele seria um bom pai.

Clara revoltou-se ainda mais. Com que direito ele lhe vinha pedir aquilo? Não fora suficiente o que já lhe fizera? E lhe respondeu que jamais aquele pequeno intruso nasceria. Aquele seria o último dia de sua vida. A lei a protegia, e não era obrigada a carregar um filho de estupro. Volte à sua maldita vida e deixe-me em paz – ela lhe disse.

Ele, então, saiu arrastando-se. Literalmente, arrastando-se. Não podia ficar em pé e se contorcia como uma cobra, fazendo um esforço terrível para se locomover. Mas de seus olhos as lágrimas foram caindo... caindo... até que a sala do consultório se transformou em um enorme lago. E na superfície do lago apareceu uma criança. Uma criança morta. Na verdade, um feto que fora arrancado de seu ninho e projetado naquele lago de lágrimas. Dos olhos daquela massa amorfa, tal qual dos do seu pai, escorriam lágrimas abundantes que mais avolumavam o lago. Clara sentia-se afogar. Gritou.

Acordou com seu próprio grito.

– Clara, o que foi?

– Tive um pesadelo horrível!

– Acalme-se. Você anda tensa. Relaxe.

"Como se eu pudesse".

15

ANGÚSTIA

"Que Deus seria esse que em tua inteligência coubesse?"
(Huberto Rohden)

Com as mãos trêmulas, Clara apanhou o envelope com o resultado do exame. O coração pulava no peito. Novamente a boca amarga. Sentou-se olhando para o envelope branco em suas mãos.

Aramis gostaria de ter ido junto com ela, mas precisou viajar a serviço. Pediu que assim que ela abrisse o envelope, ligasse para ele.

Clara guardou o envelope na bolsa. Tremia tanto que achou melhor abri-lo em sua casa. Levantou-se. Deu dois passos, mas voltou e sentou-se novamente. Pegou o retângulo branco e ficou olhando para ele:

"Aqui dentro está meu destino" – abriu-o. Positivo. Estava grávida. As lágrimas enevoaram-lhe os olhos, e ela não pôde continuar. A cabeça rodou. Não conseguiu

segurar o choro. Aquele que seria o dia mais feliz de sua vida transformava-se no dia do horror. Era muita desgraça. Aquele dia não deveria jamais ter amanhecido. Quisera dormir e esquecer. Sua cabeça latejava, e os pensamentos se amotinavam na cena do estupro... como uma imagem congelada. O que ela fizera para atrair para si uma situação daquela? Não vivia de forma honesta? Não era uma cristã de vida exemplar? Como Deus permitira que tal hecatombe a destruísse assim? Será que essa história de Deus não era invencionice do povo? Como conciliar a ideia de um Pai de amor, com aquela monstruosidade que lhe acontecia? Não era aquilo uma ironia da vida?

Como sempre fazia em situações desesperadoras, tentou se harmonizar e retomar o leme de sua vida. Por mais estraçalhada estivesse a alma, esta não tinha o direito de impor inércia ao corpo combalido. Suspirou fundo e pensou em Deus. Ela era também sua filha, e ao pai apraz zelar pelos filhos.

Um vulto a envolveu. Estendeu as mãos sobre ela, que relaxou, embora não pudesse conter as lágrimas.

"Pobre Clara! Ínfima é sua confiança em Deus-Pai. Bastou apenas uma pequena pedra no caminho e já questiona a existência Dele. Você acha tudo injusto, tudo irônico, porque está vendo apenas um lado dessa situação. Ninguém poderá ser bom juiz com uma visão unilateral dos fatos. Volte ao seu passado espiritual, Clara. Veja que você ajudou a escrever esta página de sua vida. Não culpe Deus. Não ama Aramis? Não se prontificou a compartilhar com ele o seu destino? Não abdicou de uma vida melhor, da qual você é merecedora, para vir ter cá com ele e ajudá-lo a carregar a própria cruz? Não fez do destino dele seu próprio destino? Então... por que tanta revolta? Você já tem lucidez suficiente para entender que nada acontece sem que haja um propósito".

Tudo não passou de rápidos segundos. Ela não pôde compreender integralmente a mensagem ouvida pelos sentidos espirituais, todavia, conseguiu se acalmar.

O Espírito amigo continuou ao seu lado, doando-lhe recursos magnéticos. Ela se deixou amolentar por aqueles fluidos benéficos, mas não conseguia parar de chorar.

Uma paciente que acompanhava a cena aproximou-se, condoída:

– Posso ajudar em alguma coisa?

– Ahn?... desculpe-me... o que foi que disse?

– Posso ajudar? A senhora não me parece bem...

– De fato... mas não se preocupe. Já passou. Obrigada.

Guardou o envelope na bolsa e se retirou.

A paciente balançou a cabeça e voltou ao seu lugar. "Coitada, talvez não tenha gostado do resultado do exame."

Ao sair da clínica, Clara sentiu que o mundo caía sobre ela. Na rua, olhou o céu e enxugou os olhos lacrimosos: *"Sou suficientemente forte para suportar"* – afirmou.

16

A PERSEGUIÇÃO CONTINUA

O mal, uma vez desencadeado, caminha por si mesmo.

Jairo havia decidido procurar Andrezza para lhe pedir o endereço de Clara. Encontrou-a sem muita dificuldade, através da lista telefônica, pois ela tinha um sobrenome incomum. Procurou também pelo telefone de Clara, mas não sabia o sobrenome dela e nem o do marido. Achou mais fácil pedir a Andrezza. E assim o fez.

– Boa tarde, Andrezza.

No primeiro momento ela não reconheceu aquela voz.

– Quem está falando? Eu conheço você?

– Claro. Sou Jairo, o filho do caseiro. Lembra-se das férias lá no sítio? Faz pouco tempo.

– Oi... Como me achou?

– Lista telefônica. Foi fácil. Acho que só você no mundo tem esse sobrenome pra lá de esquisito.

Risos.

Jairo lhe pediu o endereço de Clara. Andrezza exultou de felicidade. Sem que ela pedisse coisa alguma o destino viera ajudá-la. *"Humm... por que ele quer o endereço da Clara? Bem que notei alguma coisa entre os dois naquela ocasião"* – pensava enquanto falava com o rapaz.

Com suspeitas na alma maliciosa:

– Jairo... acho melhor tratarmos desse assunto pessoalmente. Anote o endereço do meu trabalho. Daqui a uma hora, estarei lá.

– Certo – desligou o telefone e se dirigiu para a empresa onde Andrezza trabalhava:

– Olá. Como tem passado, Andrezza?

– Eu, bem. E você?

– Caminhando...

– Jairo... como você está diferente!

– Para melhor, espero.

– Claro. Por que você quer o endereço? Não me diga que veio a São Paulo por causa dela! Ela vale tudo isso?

– Vim por causa dela. E quer saber? Ela vale, sim, tudo isso. Acho que o cupido me acertou legal – disse, sorrindo.

– O que realmente aconteceu entre vocês? *"O*

que será que Clara tem que eu não tenho? Os homens babam por ela" – pensou com despeito.

– Não é de sua conta, maninha.

– Ah, não? Então, não lhe dou o endereço.

Jairo estava quase se abrindo, quando viu Aramis se aproximar.

– Ora, o que faz este aqui? – perguntou baixinho para não ser ouvido.

Andrezza o informou de que ele também trabalhava ali. Aramis olhou rapidamente para ele e o cumprimentou.

"O idiota não me reconheceu. Lá na casa de campo nem olhava pra mim. É certo que estou, agora, muito diferente. Mas o cara é desligado".

Quando Aramis se afastou:

– Sabe do que mais? Não preciso que você me dê o endereço. É só seguir esse babaca.

Mesmo assim, ela deu o endereço. Havia interesses em comum e não tinha sentido agir de outro modo. Estava adorando aquele repentino amor do antigo caseiro por Clara. Isso poderia lhe deixar o caminho livre para conquistar Aramis.

Jairo agradeceu:

– Fico-lhe devendo essa. Seguir Aramis requer muita paciência, coisa que eu, absolutamente, não tenho.

– Então, não seja mal-agradecido. Mantenha-me

informada do que acontece. Boa sorte – disse, fazendo figa.

Despediram-se com a promessa de se comunicarem vez ou outra.

Jairo saiu de detrás de uma árvore. Tirou um papel do bolso e checou o número da casa. Era aquela. *"Estará ela em casa?"* – perguntou-se.

Era uma casa modesta em um bairro da zona Sul. As ruas estavam quase desertas no calor das quatorze horas.

Com o coração alvoroçado, tocou a campainha. Ninguém atendeu. Esperou mais um pouco. Tentou ver através do vidro da janela da sala. Tocou novamente. Silêncio.

Uma vizinha saiu e ficou olhando interrogativamente para ele.

– Por favor, é aqui que mora a dona Clara?

– É aqui, sim. Mas nem ela nem seu Aramis estão. Ainda não voltaram do trabalho. O senhor é algum parente?

Ele não respondeu à pergunta.

– Muito obrigado.

– Quer deixar recado?

– Não. Volto outro dia – e, em passadas largas, afastou-se.

Andrezza já fazia planos. Se Jairo se utilizara dela para encontrar Clara, ela se utilizaria dele para afastar Aramis da mesma.

"Bem, as coisas começam a melhorar. Não vou precisar mais daqueles serviços da médium. Ando sentindo umas coisas estranhas. Melhor cair fora" – pensava Andrezza.

Decidiu que retornaria à casa de dona Guilhermina, a médium. Havia meditado muito e chegado à conclusão de que fizera muito mal em procurar seus serviços. Estava arrependida. Tinha medo de Espíritos e não queria nada com eles. E, depois – lembrou-se –, dona Guilhermina havia-lhe dito que Clara era uma protegida da luz. Na ocasião, não dera a menor importância, mas voltara a pensar no assunto e concluíra que talvez pudesse fazer as coisas por si mesma sem nenhum envolvimento com as trevas. Agora tinha mais um aliado, o filho do caseiro.

Depois do expediente, foi até à casa da mulher.

"Hoje vou me desligar. Desde que vim aqui tenho sentido presenças estranhas e sombrias a me envolver, constantes arrepios e uma sensação de que estão me vigiando. Nem sei se realmente quero Aramis. Às vezes, sinto que o odeio... que quero apenas me vingar dele. Mas que loucura! Vingar-me de quê? De ele ser feliz, e eu não? Se Clara é protegida da luz... eu não quero ser protegida das trevas".

A casa de dona Guilhermina estava cheia de consulentes. Gente de todo tipo. Perturbados que buscavam, erroneamente, soluções para seus problemas e recorriam à lei do menor esforço. Mudariam completamente o rumo de suas vidas se se transformassem interiormente; se buscassem em Deus o amparo; se tivessem vontade de evoluir... Mas evoluir não é fácil. Exige, primeiro, conscientização. E é difícil entender que estamos aqui, como em uma grande escola, a fim de aprender; de repensar a vida. É difícil admitir que precisamos mudar nosso modo de ser; que estamos acomodados; satisfeitos com as nossas limitações. Geralmente, vemo-nos sempre como vítimas, quando, na maioria das vezes, somos os carrascos. Olhamos para nós e nos vemos através de lentes complacentes. Os outros, sim, precisam mudar...

Andrezza esperou sua vez. Sentia-se aflita. Queria se desligar logo daquilo tudo. Depois de muito tempo, foi chamada:

– Pois não, minha filha. Como você mesma pediu, tem mais forças trabalhando a seu favor.

– Dona Guilhermina... nem sei como começar... Eu...

– Fale logo. A fila está grande lá fora.

– É que eu não vou mais precisar dos seus serviços. Muito obrigada. Diga aos Espíritos que não quero que eles forcem mais a barra. Eles podem ir embora pro mundo deles.

Dona Guilhermina entendeu: *"Então é isso? Acha que pode se safar assim?"*

– Minha filha, as coisas não são assim, não! Você

vem aqui, obriga-me a pôr muitos Espíritos a trabalhar pra você e depois desiste? Pensa que está lidando com quem? – e seu semblante adquiriu ferocidade. Estava prestes a perder uma cliente que já lhe rendia um bom dinheiro.

– Não entendo... eu não preciso mais.

– Claro que precisa! Se parar agora, tudo se reverterá contra você. Pensasse antes de mexer no vespeiro. Esses Espíritos não são de brincadeira!

Na verdade, o que temia era diminuir sua renda com a perda da consulente.

Andrezza ficou desesperada.

– Mas, então? Alguém pode me obrigar a...

Antes que ela terminasse de falar, dona Guilhermina disse:

– Aqueles Espíritos todos que coloquei a seu serviço são barra pesada. Vão querer uma indenização. Como uma multa para romper o contrato. Entendeu?

– É que não preciso mais... Tenho alguém de carne e osso que vai me ajudar.

– Pensa que não sei? Quem você acha que colocou na cabeça do homem que está lhe ajudando a ideia de sair de onde estava e procurar por você? Quem botou na cabeça dele a paixão avassaladora pela sua rival? O cara está apenas sugestionado, pois na verdade não gosta de ninguém.

– Foram eles?!

– Quem mais? Ou acha que um homem como aquele poderá amar alguém?

– Oh, meu Deus!

– Eles levam o serviço a sério e não admitem desistências. Pensasse antes. Agora, se quiser livrar a cara, tem de pagar.

– Quanto?

– Três mil reais. É pouco, se comparado ao preço de sua paz. E depois... esse seu amor deve valer bem mais.

– Três mil reais?! Não tenho esse dinheiro todo.

– Arranje. Ou...

– Posso pagar em parcelas?

– Pode. Você tem sorte de estar lidando com uma pessoa decente. Senão, estaria perdida. As forças do mal não desistem fácil e podem acabar com você na hora que quiserem. E são vingativos.

Andrezza tremia dos pés à cabeça. A médium sabia que não era bem assim, mas agia de má fé para tirar mais dinheiro dela. Bastaria seu arrependimento sincero, a ligação com as forças do Bem, a busca de Deus, o pai amoroso, enfim, a busca por uma vida mais cristã, e o Mal seria neutralizado. Acenda a luz, e as trevas debandam.

Combinaram o valor das parcelas.

Andrezza calculou o tamanho do prejuízo que estava tendo. Mas o prejuízo maior era o carma negativo que atraía para si mesma.

17

ARMA DOS COVARDES

"Semelhantes se atraem"

Andrezza estava inconformada com o rumo que sua vida estava tomando. Tivera um prejuízo enorme com a médium das trevas e ainda nada tinha acontecido de objetivo.

Naquela tarde, especialmente, estava de péssimo humor.

Seu ex-marido a procurara logo pela manhã. Queria legalizar a situação. Queria se divorciar e casar com a mulher que realmente amava. Explicou a Andrezza a inconveniência de uma separação litigiosa.

"Se ainda Aramis se separasse da **virtuosa** *Clara... De nada adiantou eu me fazer de boazinha... O cara não se toca. Também dona Guilhermina e seus Espíritos não fizeram nada de concreto. Tudo enganação pra levar meu dinheiro. Vamos ver o que Jairo consegue. Puxa! O cara ficou mesmo*

perdido de amores por ela. Os Espíritos trabalharam bem. Por que não fazem o Aramis ficar assim apaixonado por mim?"

Sombras foram-se juntando ao redor de Andrezza. Ninguém ignora que o pensamento atrai; que tudo o que pensamos se reflete como em uma tela cinematográfica e, por sintonia vibratória, atraímos os que conosco se afinam. Lógico. Justo.

"Uma carta anônima! Como não pensei nisso antes? Escreverei uma carta para o Aramis, informando que o amante de Clara veio procurar por ela; que ele chegou a vê-lo, mas não o reconheceu. Porei dúvidas quanto à sua paternidade. Sei o quanto ele está babando pela chegada do filho. Ele comentou, entusiasmado, a gravidez da esposa. Então, vou melar essa felicidade. Ele vai pensar duas vezes antes de assumir a criança como sua. Vai ver que a sonsa da Clara não é melhor do que eu".

Jairo foi procurar por ela. Disse-lhe que já localizara a casa de Clara e queria que ela lhe fornecesse, agora, o telefone. Ela lhe deu o número.

– Obrigado.

– Não tem de quê. Qualquer coisa... estou às ordens.

– E eu não sei?

Jairo pensou o quanto seria fácil aproveitar-se daquela mulher. Não estivesse tão apaixonado por Clara, ela seria um bom passatempo. Ia lhe fazer uma proposta, quando notas esparsas afluíram-lhe ao consciente. Ele não sabia o porquê, mas, às vezes, sentia raiva dela e não fez a proposta.

Andrezza sentia-se melancólica. Estava desiludida. Perdera o marido para outra, e Aramis não lhe dava a menor abertura. Desde a noite naquele aniversário, ele estava sempre de sobreaviso em relação a ela, nem sua nova tática, de se fazer de boazinha, dera certo. Dona Guilhermina fora uma péssima alternativa. Não conseguira nada e tivera de vender suas joias para pagar a conta. Estava irremediavelmente só. E sabia o quanto era desagradável a solidão. Virar-se na cama. Estender o braço e não encontrar ninguém.

Agora Jairo estava ali, interessado em Clara.

"Não é que esse demônio ficou bonitão? Prêmio de consolação" – e pensou que talvez valesse a pena conquistá-lo.

– Você tem saído à noite, aqui em São Paulo? Já foi alguma vez ao teatro? A alguma balada?

– Não. Tenho ido ao cinema. Teatro é muito caro, e para balada já passei da idade. Ganho pouco, gata!

– Ora, se o problema é esse, pode-se dar um jeito.

– O jeito seria você pagar.

– Feito. Quando iremos?

– Escolha você. O dia e a peça. Afinal, o dinheiro é seu.

– Agora, que já somos amigos, posso saber o que você teve, ou ainda tem, com a Clara?

Ele sorriu.

– Ainda não confio muito em você. Um dia, talvez...

– Você me parece inteligente. Não percebeu, ainda, que eu tenho o maior interesse em ajudar você?

– Claro que já percebi! Não sou besta. Percebi faz tempo, desde aqueles dias lá na casa de campo. Você continua dando em cima do Aramis, não? O cara, para o seu despeito, é fiel à esposa.

– É um estúpido. É evidente que você e Clara tiveram alguma coisa. Eu tentei abrir os olhos dele e nada adiantou. Ficou mais arredio ainda!

– Pense em outra coisa. Seja mais criativa.

– Já pensei. Tenho tudo arquitetado aqui – e apontou para a cabeça.

– Posso saber?

– Carta anônima. Vou escrever uma carta anônima.

– Bem pensado. Sobre o teatro, você me liga assim que tiver decidido.

– Combinado.

Naquela mesma noite, ela escreveu a carta. Na segunda-feira, Aramis teria uma surpresa. "Creio que, depois disso, adeus casamento".

Caro amigo:

Não sei como você reagirá a essa informação. Sua esposa está traindo você. O nome dele é Jairo, um antigo caseiro. Se sondar, poderá surpreendê-los. "Quem avisa amigo é".

Andrezza leu e releu. Gostaria de acrescentar mais alguma coisa, mas depois achou que já dissera o necessário e, se dissesse mais alguma coisa, Aramis poderia desconfiar dela. Retirou as luvas que havia colocado para não deixar impressões digitais, caso ele descobrisse e a acusasse.

"Como Aramis reagirá? Acreditará? Sondará Clara? Bom... está feito. Quando retornar da viagem, ele terá uma surpresinha. Não vou usar o correio. Pagarei a algum moleque para entregá-la na casa dele. Vamos ver no que vai dar".

Pôs a carta em um envelope e a endereçou a Aramis. Beijou-a e a deixou sobre um aparador, no seu quarto. Em seguida fez uma ligação.

– Jairo, sou eu, Andrezza. Você está ocupado?

– Não. Pode falar.

– Já estou com os ingressos. Podemos ir hoje. Está bom pra você?

– Está ótimo.

– Então, está bom. Passo aí às oito. Esteja pronto, que não gosto de esperar.

– Estarei lá embaixo, na rua, antes das oito. Até mais.

– Até.

"Essa sujeitinha não sabe onde está 'amarrando seu burro'. Pensa que é muito esperta, mas no fundo é uma grande tola. Ingênua de fazer dó. Dane-se".

Andrezza se arrumou com capricho. Não era feia nem bonita. Quando bem produzida, até conseguia despertar admiração em alguns. Já se diz que não há mulher feia; há mulher pobre.

Jairo pusera sua melhor roupa. Não queria ficar inferiorizado em relação a ela. Pegou seu celular e fez uma ligação.

"Quero ouvir a voz da Clara... se ela atender".

O telefone tocou até cair a linha.

18

DIFÍCIL DECISÃO

A vida orgânica começa nos primeiros momentos da concepção.

Clara não telefonou para o marido conforme ele lhe pedira. Contaria pessoalmente quando ele retornasse da viagem.

Ao chegar do laboratório, jogou-se no sofá da sala. Abriu novamente o envelope. Positivo. Passou as mãos por sua barriga. O sonho lhe voltou à mente.

"Que estranho! Jairo, o infeliz delinquente, estava chorando. Nem parecia o mesmo. Pedia que eu não matasse seu filho. A criança também chorava. Chorava sem parar. Pedia para nascer. Que será tudo isso? O que tenho eu a ver com Jairo e com seu filho? Será que, depois de tudo que passei, ainda terei de suportar a presença de alguém que só me trará infelicidade? Não! Não tem o menor cabimento! Essa criança não vai nascer. Preciso fazer o exame de DNA. Mas o exame pode demorar. Tenho de aproveitar essa viagem de três dias de

Aramis. Preciso fazer o aborto, ainda que não tenha certeza de que o filho seja dele. Depois, continuaremos tentando. Somos jovens ainda..."

O telefone tocou. Clara estremeceu. Seria Aramis querendo saber sobre o exame? Precisava pensar no que lhe diria.

– Alô.

– Clara? Por que você não me ligou? Já tem o resultado?

O coração dela quase saiu pela boca.

– Aramis, foi boa a viagem?

– Tudo bem. Mas me fale do exame.

– Então... foi por isso que não liguei. Ainda não ficou pronto – mentiu.

– Mas que falta de organização desse laboratório! Você não reclamou?

– Sim, mas a secretária disse que o médico ainda não assinou; que precisou atender a uma paciente e saiu rápido, esquecendo-se de assinar. Mas fique tranquilo. Ela prometeu para amanhã.

– Então amanhã, assim que abrir o envelope, ligue-me. E como você está? As náuseas passaram? Já superou o medo?

– Estou bem. Amanhã, eu ligo. Um beijo.

– Outro. Cuide-se.

"Preciso fazer alguma coisa. Não vou ficar aqui como uma pata choca, esperando ser tarde demais".

Clara arrumou-se. Falaria primeiro com Cláudia? Não. Cláudia haveria de dissuadi-la. Melhor falar com a Karla. Essa sim é pé no chão. Sei que já fez dois abortos. Vou ligar para ela, quem sabe ela poderá me ajudar – decidiu.

E percebeu que uma sombra sinistra a envolveu. Arrepiou-se. A consciência a advertia: "Você terá dois caminhos. Um para a felicidade e outro para a infelicidade. Saiba escolher..." Lembrou nitidamente o sonho. Mas não poderia ser fraca naquele momento. *"Só Deus sabe que não faria nada disso se outra fosse a situação".*

– Alô. Karla?

– Sim. Quem é?

– Clara.

– A Clara do Aramis?

– Sim. Não está reconhecendo minha voz?

– É que você quase nunca me telefona. Aconteceu alguma coisa?

– Aconteceu.

– O quê?

Clara gaguejou. Ainda não estava certa se queria mesmo fazer o que decidira. As vozes do sonho insólito ainda a perturbavam.

– Fale de uma vez, Clara! Estou ficando impaciente!

– Bem, o assunto é sério. Quero fazer um aborto.

Karla foi envolvida por uma luz.

– O quê?! Repita de novo. Não estou entendendo.

– É isso que você ouviu. Quero fazer um aborto.

– Mas... espere aí... Você e o Aramis estavam doidos para arrumar um filho!

– As coisas mudaram aqui em casa, Karla.

– Você e o Aramis não estão bem? Alguma crise conjugal?

– É. É isto: uma crise conjugal. Talvez venhamos a nos separar, e um filho... – mentiu.

– Se é assim... melhor mesmo não ter a criança. De quanto tempo é?

– Sete semanas.

– Ainda bem. Sete semanas não é muito. Mas eu pensei... você sempre foi contra. Lembro-me do que precisei ouvir de você na ocasião em que abortei...

– Ainda sou contra.

– Então, não entendo mais nada. Vem cá, por acaso o filho não é do seu marido?

Clara levou um choque.

– Claro que é. Quem pensa que sou? – falou, zangada.

– Ele já sabe dessa gravidez?

– Ainda não. Ele está viajando a serviço. Voltará só depois de amanhã. Por isso pensei em pedir sua ajuda.

– Pense bem, Clara. Se você não está tão certa... Não acha melhor conversar com Aramis primeiro?

– Não! Ele não concordaria.

– Olhe, vou ser bem franca com você. Na verdade, eu já fiz dois abortos. Sofri muito. Não fisicamente, mas moralmente. Fiquei desequilibrada, só pensava no feto estiolado que vi a parteira tirar de mim. Aquilo me perseguiu por meses. Da segunda vez, cheguei a ouvir meu filho gritar dentro de mim. Sei que você vai dizer que é loucura; coisas do inconsciente, mas ouvi, de fato. Foi como um choro desesperado de alguém que lutava pela vida; que queria nascer. Depois de tudo consumado, mesmo tapando os ouvidos, continuava ouvindo. Foi uma fase pra lá de terrível. Comecei a ter insônia. Perdi o gosto pela vida. E aquele choro... aqueles gritos... torturavam-me. Até que fui a uma casa espírita. Eu achava que pelo fato de a gestação ser inicial não tinha importância. Mas tinha. Explicaram-me que o Espírito já está presente bem antes até da concepção. Foi crime o que fiz. Dois crimes. Essa mácula só Deus sabe que consequências terá para minha vida espiritual. Fui orientada, para amenizar a culpa, a socorrer crianças desvalidas, a visitar orfanatos, confeccionar enxoval para gestantes carentes e, se possível, adotar um órfão, enfim, a praticar a caridade. Clara, você está me ouvindo?

– Sim.

– Você está chorando? Não quero lhe causar mais dores, mas... pense bem, minha amiga. Converse com Aramis. Quem sabe essa criança não veio para unir vocês novamente? O amor de vocês sempre foi tão lindo... Quanta inveja já tive de vocês!

Karla se espantava pelas próprias palavras. Nunca imaginou que pudesse ser tão sensata. Ultimamente, vinha agindo como uma verdadeira cristã e se sentia feliz.

O vulto luminoso afastou-se, mas deixou-a impregnada de bons fluidos. *"Como é bom ser bom"* – pensou.

Clara estava emocionada com o que ouviu.

– Obrigada, Karla. Creio que vou seguir seus conselhos. Sei que nada nos acontece por acaso. Eu não quis falar sobre isso com a Cláudia, porque sabia que ela seria contra. Optei por falar com você...

– Sinto muito se não falei o que você queria ouvir. Agora, confesso-lhe uma coisa: aqui teve a mão da providência. As palavras saíram da minha boca quase automaticamente. Você acredita? Eu mesma estou surpresa.

– Eu acredito. Muito obrigada, Karla. Nunca imaginei que você pudesse ser tão amadurecida.

– Nem eu.

– E as orientações lá da casa espírita?

– Para eu praticar a caridade? Claro que estou seguindo. Tenho até um afilhado na favela. Os gastos dele correm todos por minha conta, pois a família é muito pobre. Também estou querendo engravidar, mas não estou conseguindo. Com dois abortos seguidos, desorganizei meus órgãos reprodutivos, como me falaram lá no centro. Agora terei de ter muita paciência para poder corrigir isso e engravidar novamente.

Clara ouvia a amiga que não parava de falar. Estava surpresa com o que ouvia. Jamais pudera imaginar que Karla, sempre tão doida e inconsequente, pudesse ter mudado tanto.

Depois de quase meia hora de conversa, despediram-se.

Ninguém sabe do que a espiritualidade superior é capaz. Clara estava ainda pensando nas palavras de Karla quando o telefone tocou. Assustou-se.

– Alô.

– Clara?

– Quem está falando?

– Um homem apaixonado por você...

Clara desligou o telefone.

"Estúpido. Perder tempo com trote" – Mas de repente ficou gelada. Aquela voz enrouquecida... Já a ouvira

antes. Jamais esqueceria. O hálito quente no ouvido, no rosto, na boca... O pavor que sentira...

"Deus! Não permita que seja quem estou pensando. Eu não suportaria! Seria uma carga pesada demais em meus ombros..."

Ainda não se refizera do susto quando o telefone tocou novamente.

"Não vou atender."

O telefone tocou até cair a linha. Depois, Clara desligou-o.

"Ela é dura na queda! Mas não desistirei. Tentarei mais tarde" – disse Jairo.

19

O ASSASSINATO

Pela lógica da lei divina, o assassino de hoje será a vítima de amanhã. Cada qual escreve seu destino.

Andrezza já estava na porta do prédio onde Jairo morava. Estacionou rente ao meio-fio.

"Droga! Ele não está aqui na calçada conforme combinamos. Detesto gente que não cumpre o horário. O que ele está pensando? Que sou motorista particular dele?"

Estava furiosa. Foi até o porteiro.

– Apartamento 122, por favor. Diga que é a Andrezza.

Depois de algum tempo:

– Ele pediu para a senhora subir.

Andrezza pensou: *"O cretino pretenderá me dar uma cantada?"* – mas, mesmo assim, subiu.

– Entre.

– Vejo que já está pronto. Por que não esperou na calçada conforme combinamos?

– Queria tomar alguma coisa antes – e, rindo, acrescentou: – Assim não precisaremos gastar em barzinhos, onde se bebe pouco e se paga muito.

– Não sabia que você era tão mão de vaca assim.

– Mas sou. Economizo tudo que posso. Não sou rico – mas por dentro dizia: *"Mão de vaca você vai ver, sua sacana"*.

– Jairo, não temos muito tempo.

– Já vamos. O que quer tomar?

– Melhor você dizer o que tem aí.

– Cerveja e Martini seco.

– Martini. Com bastante gelo.

– Só não tenho a azeitona...

– Já sei. Azeitona custa muito caro.

Risos.

Ele preparou o Martini, abriu uma cerveja para ele e levou para a sala.

"Quero só fazer algumas preliminares. Ver se vale a pena" – pensou.

– Andrezza, você é apaixonada pelo marido da Clara há muito tempo?

– E quem lhe disse isso?

– Não foi preciso ninguém dizer, ora essa. Está

escancarado no seu olhar. Você olha pra ele com um ar tão idiota, que dá vontade de rir.

Ela tossiu. Bebeu um pouco do Martini.

– Você sempre foi assim... tão grosseiro?

– Sempre. E você? Sempre correu atrás de maridos alheios?

– Olha aqui. Não admito...

– Não vamos brigar. Você o ama, de fato?

– Não sei se é amor ou...

– Ou?

– Raiva.

Jairo riu novamente. Tinha dentes bonitos. Mas não era o tipo de homem que Andrezza admirava. Desprezava-lhe o caráter, porém, admirava-lhe a sagacidade, a persistência naquilo que queria. Nesse ponto, identificava-se e muito com ele.

No sofá, Jairo passou a mão em seus cabelos. Eram bonitos. Cor de mel.

– Por favor, você vai me despentear. Tive um trabalhão pra fazer escova.

– Está bem – E descansou a mão em sua perna.

Andrezza riu. Afastou delicadamente a mão invasiva.

– Qual é, meu caro? Se está necessitado, por que não procura uma prostituta?

– Não saio com prostitutas.

– Olha... o papo está muito bom, mas vamos perder o teatro – e se levantou.

– Dá um tempo. Não vou desperdiçar a cerveja.

Irônica, Andrezza disse:

– O resto do meu Martini pode devolver à garrafa.

– Não. Eu vou bebê-lo. Assim, posso descobrir seus segredos.

"Idiota. Não queira descobrir meus segredos. Um deles é o meu desprezo por você".

O teatro terminou por volta das vinte e três. Andrezza estava com fome.

– Vamos comer alguma coisa, Jairo?

– Não tenho dinheiro. Só...

– ... se você pagar. Não é isso que ia dizer?

– Está adivinhando bem. Acho melhor irmos para o seu apartamento e de lá pedir pizza. Não sou muito chegado a barzinhos, porque...

– ... come-se pouco e paga-se muito – interrompeu Andrezza.

– Na mosca! É isso aí.

"O retardado ainda não percebeu que não terá nada de mim. Mas vamos lá. Quero ver até aonde vai a audácia dele".

Saboreavam a pizza e bebiam cerveja. A conversa

descambou para a mediocridade. Andrezza não estava habituada com bebidas alcoólicas. Tinha um barzinho em sua sala, e as garrafas de bebidas estavam, ainda, lacradas.

Jairo foi até lá e apanhou, por conta própria, uma garrafa de vodka. Abriu-a e encheu seu copo. Ofereceu a Andrezza, e antes que ela dissesse qualquer coisa, já despejava boa quantidade em seu copo.

Depois, inventou um brinde:

– Vamos brindar a...

– ... à vida – disse Andrezza.

– À vida – repetiu Jairo.

Andrezza bebeu um pouco e tossiu. Empurrou o copo.

– Não sei como podem gostar disso!

– Tome mais um pouco. Você se acostuma e vai achar ótimo.

– Você é um cara bem estúpido, Jairo. Por que hei de querer me viciar?

Jairo não ligou para a ofensa. Sabia que Andrezza falava o que lhe vinha à cabeça. Mas ela estava *"cutucando onça com vara curta"*.

O tempo foi passando. Andrezza estava cansada e se recostou no sofá. Jairo se aproximou. Acariciou-a. Ela nada disse. *"Saberei fazê-lo parar quando me convier"* – e relaxou.

A noite estava fria. Jairo lhe descalçou os pés.

– Estão gelados. Não quer colocar meias?

– Não.

O cachecol de lã que Andrezza usara estava sobre o espaldar da cadeira. Jairo apanhou-o para envolver com ele os pés dela. Antes, reteve-os entre as mãos por algum tempo. Os pés eram delicados; pés de criança – ele disse.

– Que cor sinistra de esmalte você está usando!

– Gosto dessa cor.

– Nos dedos das mãos não fica tão chocante quanto nos dos pés...

– Pare de falar do meu esmalte e enrole meus pés.

Jairo passou lentamente as mãos sobre as unhas pintadas. Depois envolveu os pés dela com o cachecol.

– Assim, ficarão mais quentinhos.

Andrezza encolheu-se. Tinha vontade de mandá-lo embora. Aquela presença a incomodava. Mas Jairo tinha outros planos.

– Você já pensou em uma coisa? – perguntou a ela.

– Que coisa?

– Se você morresse hoje, gostaria de ser sepultada com as unhas dos pés nessa cor? Olha que não iriam deixar você entrar no céu... Ouvi dizer que São Pedro é muito rigoroso – e riu.

– Idiota. Não tem nada a ver – Mas ficou impressionada.

"Esse cara já me encheu. Como pude ser tão estúpida e trazê-lo pra dentro de casa?"

– Que coisa mais sem propósito você está dizendo? Por que falar em morte quando estamos cheios de saúde? E... olha, está ficando tarde. É melhor você ir. Estou cansada.

Alguma coisa despertou dentro dela. Estava ali com um sujeito que mal conhecia. Ele era estranho. Imprevisível. *"Meu Deus! Estou sendo imprudente!"* E sua lembrança foi buscar uma cena distante, passada na sala de refeições, na casa de campo do avô de Yara: ele segurava fortemente o pulso de Clara. Olhava-a com ferocidade. Parecia um demônio.

Jairo continuava ali. Junto dela. Parecia longe.

Convidados inoportunos foram chegando. Pobres seres desencarnados que perambulavam por ali e eram atraídos pelos pensamentos libidinosos de Jairo.

Alguns, totalmente alienados, outros, escravos dos vícios que possuíam ainda quando encarnados. E um triste conúbio ali se instalou.

Magneticamente, imantaram-se a Jairo, e eram quais nuvens borrascosas prestes a desabar sobre Andrezza.

Jairo sentiu-se transformado. Seu rosto animalizou-se. Sua expressão endureceu, e todo seu corpo incendiou-se.

Andrezza assustou-se. Quis sair dali, mas não conseguiu. Um torpor dominou-a, e ela se desesperou.

Pela primeira vez na vida teve realmente medo de um homem. Pediu ajuda a Deus; aos anjos de guarda e a todos os santos que conhecia. Todavia, eram ecos fracos, partidos de uma alma que nunca valorizara o poder da prece; que se achava autossuficiente; que nunca pensara seriamente nas questões do Espírito. Não era a fé que a movia. Era o medo. Tão logo se visse a salvo, esqueceria tudo. Acharia que a ajuda não viera de Deus, mas que fora simples coincidência.

Naquela hora, era a imagem da fragilidade. Indefesa. Olhos assustados. A transformação que via operar-se em Jairo era assustadora. Já não era ele quem estava ali; era um ser do outro mundo. A custo conseguiu se reequilibrar um pouco. Tentou sair correndo dali. Abriria a porta e gritaria por socorro.

Jairo esperou que ela se levantasse. Ficou olhando. Rindo. Ela foi até a porta. A chave não estava no lugar. Virou-se para Jairo. Ele a balançava na mão direita.

Um tremor a impediu de falar. Quis gritar dali mesmo, mas a voz não saiu.

"Meu Pai. Ajude-me".

Sem sair do seu apartamento, viu-se em outro lugar: à sua frente viu um extenso corredor que se perdia de vista. Criaturas etéreas caminhavam por ele. Todas estavam acompanhadas de alguém. O que chamou a atenção de Andrezza era o contraste que existia entre os pares de criaturas. Uma era luminosa e caminhava com harmonia. De suas mãos pareciam partir jatos de luz. A outra era escura; seguia às tontas; gemia. Assim, caminhavam aos pares: cada criatura luminosa a cuidar de outra... escura.

Andrezza olhou ao seu redor e também percebeu uma criatura luminosa que a guiava. Não se falavam, mas ela viu que aquela presença era amiga. Estava ali a guiá-la para... o Céu? – pensou. Imediatamente, lembrou-se das unhas dos pés pintadas com esmalte de cor berrante. As palavras de Jairo lhe vieram à mente: "Se você morresse hoje, não poderia ir para o Céu com essas unhas... São Pedro é muito rigoroso."

Com um esforço supremo, conseguiu dizer àquela criatura:

– Por favor, posso parar um pouco? É que preciso limpar as unhas dos meus pés... o esmalte é muito...

– Não se preocupe com isso. Vamos prosseguir. Temos de alcançar logo o vale.

– Mas... Jairo me disse que não posso adentrar o Céu com este esmalte!

– Acalme-se. Não dê atenção ao que ele falou. É bobagem. Para Deus essas coisas não contam. Não têm a menor importância. Nada do que é exterior tem importância. O que você não deve se esquecer é do cultivo das coisas internas, das coisas do Espírito. Tudo o mais, carece de lógica. Recorda-se da lição de Jesus sobre os túmulos caiados? Aqueles que por fora brilham, mas que por dentro guardam a podridão?

Andrezza estava confusa.

– Eu morri? Não me lembro de muita coisa.

– Logo você vai entender. Fique tranquila, você não morreu.

Chegaram a um vale e embarcaram em carros estranhos. Depois de algum tempo, desceram sobre uma planície e todos se sentaram em círculo. Música suave era trazida pelo vento. A vegetação era diferente, e por todos os lados, como por encanto, desciam cachoeiras de águas límpidas. Graciosas ninfas se banhavam naquelas águas.

Andrezza teve vontade de mergulhar. Sem pedir permissão, foi até a uma delas, mas quando tentou entrar na água, percebeu que eram apenas quadros. Quadros vivos. Como se algum pintor estivesse fazendo ali seu *vernissage*.

– Não entendo...

– Na verdade, isso que nos rodeia são quadros produzidos pela mente de nossos anfitriões. São ideoplastias, ou seja, a ideia, o pensamento reproduzido em matéria mais densa. Materializado.

Andrezza não entendeu nada.

– Agora, vamos, sente-se junto aos outros. Logo você ouvirá uma palestra interessante.

Ela sentou-se. Todos que estavam ali pareciam admirados. Alguns oravam de mãos postas; outros agradeciam em voz alta.

Andrezza sentiu vontade de também orar. Não sabia o que lhe acontecia, mas se sentia tranquila.

De repente, uma chuva de flocos tênues, como orvalho, foi caindo sobre todos.

Andrezza imaginou que nevava.

Logo a seguir, um jovem de espetacular beleza surgiu. Ninguém viu de onde. Postou-se em um lugar de destaque enquanto a música suave, em tom muito baixo, emocionava os ouvintes até as lágrimas. Começou a falar:

Meus caros irmãos:

Primeiramente, vamos fazer uma prece. Uma prece de gratidão ao pai criador por tudo que Ele nos tem dado.

Ó, pai. Aqui estamos na qualidade de filhos Teus. Sabemos ainda o quanto somos limitados; o quanto temos ainda de progredir para compreender-Te; para sermos dignos de filhos Teus sermos chamados.

Pai, assim como a chuva lava a atmosfera, deixando-a leve e pura, lava também, Pai, as nossas máculas oriundas de existências equivocadas onde ainda Te desconhecíamos.

Deus misericordioso... somos criaturas necessitadas do

Teu amor. Pequenas chamas que bruxuleiam ainda, que ameaçam se apagar sob os vendavais da vida. Fortalece-nos, pai. Permite que hoje possamos dar mais um passo, subir mais um degrau na escada da vida.

Muitos daqui viverão, ainda hoje, grandes dores decorrentes de suas necessidades evolucionárias; de carmas negativos que atraíram para si mesmos em decorrência do livre-arbítrio de cada um.

Possam esses, pai amado, fazerem a grande viagem em paz. Que a experiência da existência que deixarão lhes sirva de exemplo para, no futuro, não caírem novamente.

Assim seja. "Pai nosso..."

Andrezza e os demais presentes enxugaram os olhos. A prece deixara, no ambiente, suave perfume de jasmim. O jovem, com toda humildade que o revestia, olhou para todos. Infundiu-lhes paz e confiança. Fortalecimento. Fé. E continuou:

– *Caros companheiros de jornada.*

Vivemos todos nós caminhando juntos ao longo do tempo. Nessa nossa jornada, muitas vezes tropeçamos e caímos. A cada queda deveríamos nos levantar mais fortes, mais atenciosos com os percalços do caminho, todavia, nem sempre usamos a experiência para evitar novas quedas. Percebemos ao longe o farol do Cristo a nos nortear os passos, mas porque um tanto distante, por necessidade de vencer distâncias, acovardamo-nos. Esquecemo-nos no meio do caminho. Distraímo-nos com as aventuras da jornada e não avançamos. O evoluir requer determinação. Ninguém chega ao topo da montanha sem começar por sua base. A grande árvore já foi insignificante semente. A grande estrada foi construída metro a metro...

Quando olhamos uma montanha lá de baixo de onde estamos, ela nos parece descomunal. Inacessível. E desanimamos. Preferimos ficar no sopé, com nossa visão limitada. Acanhada. Mas quando deliberamos subir, quando carregamos nosso alforje com a fé e a coragem, então, a subida não nos parece tão impossível.

Assim é também nossa vida. Às vezes, ela nos parece demasiadamente pesada. Frente aos sofrimentos, inventamos mil desculpas para nos safarmos, criamos dificuldades e elevamos a mil o quociente de nossas dores. E paramos diante da montanha, alegando que não temos ferramentas necessárias para nos apoiarmos na subida.

Quantas desculpas inventamos para ficar na inércia! Não percebemos as inúmeras ferramentas que o Pai põe ao nosso alcance.

E o que é a fé? O poder da prece? A presença de nosso anjo da guarda? São ferramentas para nos ajudar na nossa subida. E a dor? Conhecem ferramenta mais eficaz?

Porventura, ignoram, irmãos queridos, que bem junto a esta humanidade – a dos encarnados – renteia outra, a dos desencarnados, a daqueles que já partiram do mundo físico, mas que não foram para o paraíso ou para o inferno, mas que permanecem em uma das muitas casas do Pai, de onde suplicam por todos aqueles que lhes foram queridos? Já se esqueceram, irmãos, da grande lição do Cristo Jesus?

O jovem fez uma pausa. Os olhos daqueles Espíritos, ali reunidos, estavam brilhantes pelas lágrimas contidas.

– *Amigos meus* – continuou –, *desde que nascemos na matéria, sabemos que, um dia, teremos de partir. Nossa vida primeira, a original, é espiritual, enquanto a vida como encarnados é transitória. Nascemos do pensamento do Criador, do amor do Criador, por isso somos imortais. Achar que somos mortais é admitir que, um dia, Deus poderá morrer. E Deus não morre. Está em nós, e nós estamos Nele. Não há morte. O que há são transformações.*

Muitos poderão estar se perguntando por que foram hoje trazidos aqui. Eu lhes respondo: pela bondade do Pai; para que o momento da grande mudança, do reingresso na pátria espiritual, seja-lhes mais brando.

Quero que todos, ao enfrentarem o momento crítico da iminente desencarnação, estejam confiantes; que se lembrem desse nosso encontro fraterno e tenham paz. Assim seja.

Encerrou a reunião com uma prece de agradecimento. Despediu-se e partiu da mesma forma como chegou.

Em alguns se notava certa inquietação. Não sabiam muito bem o que aquilo tudo significava. Outros, mais lúcidos, compreendiam que a jornada naquela existência estava na iminência de se findar.

As entidades luminosas aproximavam-se deles e lhes falavam com ternura.

Andrezza ficou pensando, preocupada com o que ouvira. As palavras daquele jovem ainda irradiavam em sua mente espiritual quando despertou no seu corpo físico.

Jairo estava friccionando seus pulsos, pois ela parecia dormir. Os vultos escuros iam de lá pra cá, ávidos por novidades.

– O que aconteceu comigo?

– Você dormiu. Acho que a vodka foi a culpada. É sempre assim tão fraca para bebidas alcoólicas?

Ela não respondeu. Lembrou-se vagamente do jovem orador. Sentou-se no sofá e tentou relembrar aquele acontecimento singular.

A turbamulta se aproximou de Jairo. A pouca decência que ainda restava nele evaporou-se por completo. Olhou Andrezza. Ela estava tranquila. Quase em paz, como se soubesse que de nada adiantaria lutar contra aquele homem-animal que ali estava. Lembrou-se dos quadros fluídicos, as ideoplastias, conforme lhe fora falado. E olhou com tristeza para seu agressor.

– Em nome de Jesus, Jairo, não me faça nenhum mal – e para Deus, rogou –: "*Pai, se me for permitido viver ainda um pouco mais, darei novo direcionamento à minha vida*".

Jairo não se sensibilizou com suas palavras, porém, todo o desejo, do qual se sentia possuído, desapareceu como por encanto. Não via o pânico no olhar da vítima e isso não o excitava. Tentou pensar em Clara; na noite em que a violentara. Tentou ver novamente o pavor que ele lhe causara. Mas tudo o que viu foram os olhos tranquilos de Andrezza. Estranho. Não tinha vontade de fazer o mesmo com aquela que ali estava. Percebeu que a desprezava e irritou-se. Queria magoá-la, ver o medo em seus olhos, mas sentia-se enfraquecido. O desejo sexual desaparecera e, por mais que tentasse, não reaparecia.

Andrezza, ainda sob a inspiração de seu anjo da guarda, falou:

– Por que não vai embora?

– E permitir que você fique rindo de mim? Chamando-me de frouxo? Sou macho, viu? Só que não quero você. Nunca gostei de mulheres como você. São atiradas. Umas piranhas.

Andrezza olhou a garrafa de vodca. Estava vazia.

– Vá-se embora... por favor...

– Cale essa boca!

Jairo pegou o cachecol que lhe agasalhara os pés. Enrolou cada extremidade nas mãos e puxou várias vezes, sempre de olhos fixos nela.

– É bem forte. Acho que aguenta.

Andrezza esbugalhou os olhos.

Então... o filme de uma existência passada começou a ser rebobinado. Voltou ao ano de 1868. Ela se chamava Lírya e era noiva de Jairo, que se chamava Apolodoro. Casar-se-iam em breve. Mas, na fazenda onde moravam, apareceu Petrônio, o filho do fazendeiro. Houve uma grande festa. Era a volta do filho pródigo.

Lírya apaixonou-se perdidamente por ele assim que o viu. Petrônio era um rapaz de boa formação e, sabendo que ela era comprometida, ignorou-a, para desespero dela.

Apolodoro foi desprezado e ridicularizado pela noiva, que rompeu o noivado de forma ríspida, acusando-o de ser o responsável por sua desdita. O coração de Apolodoro transformou-se em um depósito de fel, e jurou vingar-se de ambos. Principiaria por Petrônio. Fez uma forca de corda numa árvore, prendeu-o e o levou até ela. Petrônio tentou convencê-lo de que era inocente, mas não houve jeito. Estava já para colocar a corda no pescoço do rival quando os trabalhadores da fazenda apareceram e impediram o crime. Apolodoro foi preso e desencarnou oito anos depois.

Tudo isso passou pela mente perturbada de Andrezza, e ela compreendeu que ali estava o noivo ultrajado de outros tempos.

O Petrônio de 1868 era o Aramis de hoje que, mesmo agora, na sua segunda reencarnação, depois desse episódio, ainda sentia o pavor de quase ter sido enforcado. Os traumas não resolvidos fincam raízes fundas na alma e podem ser transportados de uma existência a outra. Esse o motivo dos sonhos insólitos que se reportavam àquela existência de 1868. Andrezza havia sido Lírya, que ainda hoje insistia naquele amor e, mais uma vez, era desprezada. Também se explica o paradoxo de ela amar e, ao mesmo tempo, desejar a infelicidade de Aramis.

O cachecol continuava preso nas mãos de Jairo.

"Não faça o que está planejando, Jairo. Mais aumentará o seu carma negativo. Pare enquanto é tempo. Andrezza é apenas uma infeliz..." – ouviu no íntimo da alma. Em vão.

Os olhos de Andrezza mostravam todo o pavor que lhe ia à alma. Viu, diante de si, a morte. E esta ria... ria... zombando dela. Jairo viu seu medo e, então, transmudou-se. Já não era um homem quem ali estava; era um animal enfurecido. Era o portador da morte!

A cor roxa do esmalte das unhas espalhou-se por todo o rosto e corpo de Andrezza. A língua saltou alguns centímetros além da boca. O corpo estremeceu mais um pouco. Depois... num estertor, rendeu-se.

20

A REVELAÇÃO

A falta de fé nos desígnios de Deus é a grande vilã de nossas vidas.

Clara estava mais tranquila depois de ter falado com Karla. Enfim, compreendeu que não poderia dispor da vida de ninguém; que o nosso direito acaba quando o direito de outro começa. Quer o filho fosse do marido, quer o fosse do estuprador, haveria de nascer.

Por algum tempo ficou pensando na fragilidade da criatura humana, na sua própria fragilidade e na sua falta de fé nos desígnios de Deus. Alguma razão deveria haver para ela estar naquela situação. Apesar de não ser espírita, conhecia razoavelmente a Doutrina e sabia que aqui estamos de passagem, que a verdadeira e eterna vida é a espiritual e que não podemos negligenciá-la valorizando mais a vida material.

O telefone tocou, tirando-a dos seus devaneios.

– Clara? Estou chegando.

Um tremor percorreu-lhe o corpo. Contaria tudo a ele. Como ele reagiria? *"Pelo que conheço do Aramis ele vai urrar feito leão aprisionado; vai achar-se a última das criaturas... vai desesperar-se... culpar-me, apesar de todo o meu sofrimento".*

Lembrou-se de orar. Suplicaria a Deus e aos bons Espíritos que a fortalecessem. Não poderia esconder por mais tempo a verdade. Depois, passou as mãos pelo ventre e tentou imaginar seu filho desenvolvendo-se no espantoso milagre da vida. Emocionou-se. O instinto materno lhe falava alto na alma amorosa, e percebeu que, apesar de tudo, já gostava dele. Jamais atentaria contra sua vida. Era seu filho e nenhuma culpa tinha pela insanidade do suposto pai.

Ficou feliz por não conseguir menosprezar aquele ser. E lhe veio à mente que poderia ser o filho de Aramis. No íntimo, ela tinha esperanças de que o fosse.

Aramis chegou. Abraçaram-se.

– Já tem o resultado? Deu positivo, não deu?

– Você acertou. Deu positivo. Estou realmente grávida!

Aramis deu um grito de alegria.

– Um filho! Obrigado, meu Deus! Olha, você precisa tomar muito cuidado. Alimentar-se bem, não levar nenhum tombo... Nosso Gregório será muito amado... ou nossa... você já escolheu um nome, se for menina?

– Ainda não... Tem tempo.

– Na verdade, seja menino ou menina... meu Deus! Como hei de amá-lo!

A cada palavra do marido, Clara sentia como se um espinho se lhe infiltrasse alma adentro. Não conteve as lágrimas.

– Está chorando de alegria, não é? Eu também sinto vontade de chorar.

– Aramis... precisamos conversar.

Aramis foi tirando o paletó, a gravata, sem tirar os olhos de Clara.

– O que é? Tem algum problema com a criança? Meu Deus, não permita...

– Calma. A criança está bem. Pelo menos, por enquanto, não tem nada de errado.

– Então, o que é? Sinto que você não está bem. Não quer a criança? Não deseja tanto quanto eu um filho?

– Sim. Claro que sim. Você sabe o quanto ainda sofro pela morte da Júnia.

Clara puxou o marido para a sala. Sentaram-se. Ela pediu forças à espiritualidade.

– Aramis... preciso lhe fazer uma revelação que já deveria ter feito na ocasião.

Aramis ficou branco. Pela seriedade e nervosismo de Clara, percebeu que o assunto era grave.

– Fale.

E Clara lhe contou detalhadamente o que se

passara naquelas malfadadas férias. Omitiu, porém, a identidade do estuprador. Encerrou, dizendo:

– Então, é provável que esse filho não seja seu... Eu lamento muito – e não pôde mais conter as lágrimas.

Aramis estava em estado de choque. Olhava para Clara e balançava a cabeça, como não querendo admitir tal fatalidade.

– Aramis... fale alguma coisa, pelo amor de Deus!

– Pelo amor de Deus? Não! Deus não existe. Deus é uma enganação!

– Não fale assim, Aramis. Deus existe. Sei que existe. Tem uma razão para isso estar acontecendo com a gente. Agora não sabemos, mas um dia saberemos.

De repente, ele se levantou. Fez menção de sair novamente para a rua. Clara segurou-o.

– Aonde você vai? Mal chegou. Está cansado. Precisa de um banho. E abraçou-se a ele.

Mas ele a empurrou delicadamente.

– Aramis, você está agindo como se eu fosse culpada!

Então, ele se lembrou: "Bem, quando eu entrei, eles ficaram sem graça. Ele soltou a mão dela e se foi" – Andrezza já o havia advertido.

– Você tem certeza de que realmente foi estuprada? Diga-me, o "estuprador" não foi o filho do caseiro lá da casa de campo?

Clara ficou branca! Como ele adivinhara? Lembrou-se de que, naquela ocasião, ele já havia insinuado qualquer coisa a respeito.

– Você está me ofendendo, Aramis. Não mereço isso!

– Clara, somos pessoas civilizadas, imagino. Se você teve uma aventura amorosa, não vou matá-la por isso. É bem mais fácil abrir o jogo...

– Se é isso o que você está pensando, então nada mais temos a falar.

Aramis sentou-se e chorou. Ambos choraram.

– Quanto a esse seu filho, não o quero. Livre-se dele. Não vou suportar olhá-lo.

– Aramis, pelo amor de Deus! Há uma grande possibilidade de o filho ser seu! Nosso. O filho que tanto queremos!

– Diga-me. Foi o desgraçado do filho do caseiro, não foi?

Se ela falasse, com certeza faria do marido um assassino. Ou dela, uma viúva.

– Não. Não foi ele. Eu não tenho a menor ideia de quem foi. Ele usava uma máscara, mas pela altura e cor dos cabelos não era o filho do caseiro.

– Amanhã mesmo, vamos procurar um médico. Contamos a ele a história, e você faz o aborto. Nesse caso, a Lei a protege.

Clara achou melhor não discutir naquele momento. No dia seguinte, depois de esfriadas as emoções, diria que não faria tal atentado contra as leis de Deus.

Aramis recompôs-se. Da grande alegria, sobrou apenas a grande decepção. Nunca mais seria o mesmo. Aquela mágoa haveria de persegui-lo por muito tempo.

Clara abraçou-o. Ele não correspondeu ao abraço e saiu.

"O que farei da vida? Terei coragem de continuar vivendo? Que espécie de vida terei daqui pra frente? Estará Clara dizendo a verdade?"

Contra seu costume, entrou em um bar. O ambiente ali era sufocante. Fumaça de cigarro, exalações etílicas, homens e mulheres tentando parecer felizes e descontraídos.

Sentou-se. O garçom veio atendê-lo, e ele pediu uma bebida alcoólica.

Lágrimas teimavam em cair. Através delas, ele viu a pequena Júnia com um sorriso triste a olhar para ele.

Mas foi só um momento.

Vultos escuros se aproximaram. Pobres Espíritos que desencarnaram viciados e se imantavam a ele a fim de também sorverem as exalações do álcool.

Aramis teve um calafrio e pensou em sair dali, mas já estava envolvido por uma das sombras: "A bebida, meu caro, é um ótimo anestésico para nossas desilusões. Deste mundo não se leva nada, vamos beber e mandar a tristeza pro inferno!"

Então... Aramis cedeu.

21

A CARTA ANÔNIMA

A ligação com Espíritos do mal é de difícil rompimento.

O corpo de Andrezza foi encontrado dois dias depois, em uma segunda-feira.

A diarista estranhou a porta destrancada e o cheiro desagradável que exalava do apartamento.

Teve um ataque de histeria quando descobriu o corpo. Uma vizinha acudiu e também ficou chocada. Dali a pouco, todos do prédio estavam às portas do apartamento, chocados e curiosos.

A polícia foi chamada. O corpo removido, os parentes avisados.

Todo o prédio estava em alvoroço, e todos falavam ao mesmo tempo. Interrogado, o porteiro disse que viu Andrezza pela última vez, no sábado.

– Ela estava acompanhada por um rapaz.

Lembro que pediram uma pizza. Não vi quando o rapaz saiu. Ele deve ter passado a noite com ela e saído no domingo. Como domingo foi minha folga, eu não tornei a vê-lo. E nem a ela.

– O prédio tem câmeras, não tem?

– Sim, senhor.

– Precisamos ver a gravação do sábado e a do domingo.

– Está à disposição.

Em seguida, procedeu-se ao exame do apartamento. Foram colhidas impressões digitais.

– O assassino não teve nenhum cuidado. Há impressões digitais para todo lado: nesta garrafa de vodca, nesses copos, nas cadeiras... – disse a autoridade responsável por aquela investigação.

No quarto encontraram a carta dirigida a Aramis.

– Veja isto.

A carta foi apresentada ao outro policial.

– Isso pode solucionar o problema. Mande fazer o exame de grafoscopia para verificar se a caligrafia é mesmo da vítima.

Alguns dias depois, Aramis foi chamado a depor. Estava abalado. Clara, apesar de não ter motivo nenhum para lamentar tal desaparecimento, ficou triste. Uma morte daquela não desejava nem para o maior inimigo e orou por ela. Orou também para Aramis que, após saber do estupro, comportava-se de modo inteiramente diferente. Estranho. Evitava olhá-la nos olhos. A carta foi anexada ao inquérito policial. A prova de grafoscopia mostrava que a caligrafia era mesmo dela. Disfarçara. Escrevera tentando mudar a letra, mas o exame não deixou dúvidas.

Aramis prestou seu depoimento e foi liberado. Disse que a moça o perseguia e que apresentaria testemunhas de que estava sendo vítima de assédio sexual por parte dela. Mas, se houvesse um processo, aquela carta lhe daria muito trabalho.

A gravação na câmera do prédio, bem como a comparação digital encontrada, mostrava um homem bem diferente dele. Assim, estava livre de suspeitas.

Clara soube da carta anônima que Andrezza escrevera. Não a odiou, mas teve a certeza de que ela era uma alma daninha. Não bastassem as suspeitas que pusera no coração de Aramis com sua revelação deturpada sobre o que realmente havia acontecido naquele dia em que Jairo a procurara, ainda escrevera aquela carta. Não estivesse ela morta, ouviria umas boas verdades.

"Não julgueis para não serdes julgados" – lembrou a lição tantas vezes ouvida e mudou rapidamente o teor do pensamento.

O telefone tocou. Clara estremeceu. Ultimamente, Jairo telefonava constantemente. Ela não atendia e deixava o telefone desligado um bom tempo.

Naquele momento, Aramis estava em casa. Ela

olhou para o telefone e não deu sinal de que iria atender. Rezava para que não fosse ele.

– Você não está ouvindo? – E atendeu ele mesmo.

– Alô.

Silêncio.

– Alô.

Silêncio.

– Quem está aí?

Silêncio.

– Desgraçado! – e desligou o telefone.

Clara estava branca e trêmula.

Aramis percebeu seu nervosismo. Olhou para ela e teve ímpeto de esbofeteá-la.

– Que me diz? Era para você, não era?

– O quê?! Está ficando louco?

– Ainda não. Mas não vai demorar muito.

Estava muito difícil confiar novamente em Clara. A dor que ainda sentia queimava e requeimava sua alma. Sua fé, que ele julgava inabalável, havia desaparecido. Passou a frequentar com assiduidade aquele bar e a beber com companhias suspeitas, ligando-se a entidades espirituais ainda ignorantes e maldosas e voltando sempre tarde para casa. Havia sempre discussões. Se a esposa se calava, ele entendia que ela o estava desprezando; se falasse alguma coisa, ele gritava e a mandava calar-se. Não conseguia mais olhar nos olhos dela, e o semblante, dantes sereno, tornara-se duro. Impermeável. Havia decorado cada palavra da carta anônima, gravando-a indelevelmente na mente. Ficava andando pela casa como um zumbi e só se deitava quando o corpo caía, esgotado. Nunca mais procurara pela mulher para o relacionamento íntimo.

Clara trazia o coração magoado, e Aramis insistia no aborto. Como ela se negasse a fazê-lo, ele a acusava.

– Você quer esse filho... Eu não entendo... A lei está do seu lado... Ainda há tempo. Se esperar mais, ninguém fará o aborto.

– Aramis, meu Deus! Não sei mais o que lhe dizer.

– Aquele desgraçado! Se você fizesse um retrato falado à polícia, ele poderia ser preso.

– Como faria isso? Já lhe disse que não vi o rosto dele.

– Acho que você quer protegê-lo... Acho que se apaixonou por ele... vamos, confesse.

Clara precisava de toda sua fé para não enlouquecer. Fora a vítima. O pesadelo ainda a perseguia noites a fio, o medo por qualquer barulho, a sensação de impotência, a lembrança do punhal junto à sua cabeça... e, pior que tudo, o visco repulsivo que lhe impregnara as entranhas. Como se tudo isso fosse pouco, havia a gravidez e as acusações do marido.

Uma vez arrumou sua mala. Partiria. Deixaria Aramis entregue a si mesmo e voltaria para a casa dos pais. Escreveu um bilhete.

Antes de sair, sentiu sede. Tomou um copo d'água. Cláudia ligou, e ficaram conversando por alguns minutos. Já estava abrindo a porta quando sentiu um amolecimento, como se estivesse sob o efeito de um calmante. Havia sido colocada naquela água, pelo plano espiritual, uma substância ainda desconhecida por nós e que causava o entorpecimento físico sem prejudicar o raciocínio espiritual.

Clara, estonteada, sentou-se no sofá. Surpresa, viu seu próprio corpo repousando no sofá. Ela se projetava além dele, como se fosse uma pipa. Assustou-se. Nada sabia desse fenômeno, até bem comum, que é a saída do perispírito do corpo físico; o desdobramento da alma. Muitas pessoas conseguem tal proeza e fazem viagens em corpo astral enquanto seu corpo físico fica em repouso. Eles veem a si mesmos e podem ter consciência do que está acontecendo.

Junto dela estava Esther, a boa amiga da espiritualidade, que mais de uma vez já a havia socorrido.

– Não se assuste, Clara. Vim para ajudá-la.

– Que Deus a recompense, minha amiga. Ajude-me. Preciso partir. Já não suporto as acusações que recebo. Sou inocente, mas tratada como a mais sórdida das adúlteras.

– Bem sei dos seus sofrimentos, minha filha, porém, não deve partir. Se deixar Aramis, ele dará cabo da própria vida. Tudo que vocês dois planejaram irá por água abaixo.

– Mas ele me despreza! Acha que o traí. Já não me ama, creio mesmo que me odeia.

– Você está enganada. Ele a ama e muito. Só está confuso. Sente-se realmente traído, mas você já sabia desse risco quando reencarnou...

– ?

– Você não se lembra. É normal. Sente-se aqui, vou avivar-lhe mais uma vez a lembrança. Não faz muito tempo que um anjo de luz já o fez durante seu repouso físico. Na ocasião você compreendeu, mas já agora o desespero a faz esquecer-se novamente.

Esther contou grande parte do passado espiritual de Clara, quando ela, como Ísis, havia decidido ajudar Dalton, hoje Aramis.

– Santo Deus! Não posso abandonar Dalton. Ficarei. Deus me dará forças. Um dia, ele entenderá, e poderemos ser felizes como antigamente.

A entidade partiu. Em acordando daquele sono induzido, Clara orou e agradeceu à espiritualidade a bênção daquele momento. Estava tranquila. Quase feliz. Desfez a mala. Lembrou-se do filho que esperava e não mais se revoltou. Acariciou-o, enviou a ele vibrações de paz e amor. Era seu filho e, independentemente de tudo, era um filho de Deus. Isso bastava para que ela o respeitasse no seu direito; o primeiro direito de todo nascituro, que é o direito à vida.

22

JAIRO, CADA VEZ MAIS ALUCINADO

Muito tempo na maldade enraíza o mal.
A árvore maldita cresce, e seus frutos são amargos.

Jairo, após enforcar Andrezza com o cachecol que ela usara, ficou olhando o cadáver. Riu. Depois chorou. Pensou em Leyla. Depois em Clara. Sua cabeça rodava, e ele não conseguia pensar com coerência. A turbamulta que o ajudara no crime, agora se locupletava com as energias vitais ainda contidas no corpo de Andrezza.

"Eu devia ter acabado também com a vida da Leyla... e também com a de Clara. Clara... O que vi nela, afinal? Dá uma de santa, mas não perde por esperar. O dia dela também não tarda. Que digo? Enlouqueci, por ventura? O que farei de minha vida sem ela? Clara... Minha amada... Maldita!"

Pôs um CD no aparelho e ficou ouvindo até quase as três da manhã.

Vultos fuliginosos iam e vinham. Jairo quase

podia vê-los debruçados sobre o cadáver, sugando os fluidos energéticos ainda restantes naquele corpo. Nunca tivera medo de nada. Desafiava aquelas criaturas, escorraçando-as dali e exigindo que elas voltassem ao mundo delas. Mas elas debochavam dele. Acusavam-no. Diziam que ele haveria de pagar pelo crime cometido; que os justiceiros do além, cedo ou tarde, o encontrariam. Um deles envolveu-o e disse: Eu mesmo vou denunciar você ao tribunal dos justiceiros[2]. Não poderá fugir. É uma questão de tempo. Você pensa que é mais forte do que eles, mas não é.

Jairo atribuiu tudo aquilo à loucura que, pouco a pouco, apossava-se dele.

Saiu do apartamento sem que ninguém o visse. O porteiro dormia.

Naquela noite, não conseguiu conciliar o sono. Mil demônios lhe partilhavam o leito.

No domingo, a primeira coisa que fez foi telefonar para Clara.

"Só Clara poderá me salvar. Ela tem me esnobado, não atende ao telefone; tem nojo de mim, mas quando me conhecer melhor, quando eu puder provar o meu amor, ela me aceitará. Seremos felizes. O Aramis não merece uma mulher como ela. Faço apenas justiça. Ninguém pode condenar um homem por amar tanto. A Andrezza não gostava dela, por isso está morta. Vou matar todos que magoarem a Clara..."

---

[2] No umbral grosso existem tribunais criados por mentes perversas desencarnadas. São intelectualmente desenvolvidas, mas primárias nos sentimentos cristãos. Julgam e condenam quem lhes cai nas mãos. Consideram-se Justiceiros.

O telefone tocava... tocava... Aramis não estava em casa. Clara sabia que só podia ser Jairo. *"Ó, Pai! Afaste esse homem do meu caminho!"*

A linha caiu, e Clara não atendeu. Nem cinco minutos se passaram, e tocou novamente.

"Vou atender e pedir-lhe que me esqueça, senão vou dar queixa à polícia. Não suporto mais!"

– Alô.

– Graças aos demônios, você atendeu! Clara, preciso ver você. Precisamos nos encontrar, meu amor... Estou precisando muito conversar com você, senão enlouqueço. Olha...

Clara cortou o que ele estava dizendo.

– Pelo amor de Deus! Não vê o que está fazendo da minha vida? Acha pouco o que já fez? Por tudo de mais sagrado que existe pra você, deixe-me em paz! – E desligou.

Jairo falou um palavrão e ligou novamente. Ela não atendeu.

À tarde, ligou a televisão para saber alguma notícia do crime que cometera. Nada. O cadáver só seria descoberto na segunda-feira. *"É isso aí, Andrezza... descanse em paz"*.

Ficou dormindo quase o domingo todo. Ao mesmo tempo em que dizia amar Clara, amaldiçoava-a, dizendo ser ela a culpada de tudo o que estava lhe acontecendo; que ele sim, era sua vítima inocente desde aquela primeira vez em que a vira na casa de campo.

Na segunda-feira, todos os jornais falavam sobre o bárbaro crime. Os repórteres invadiram o apartamento e vasculharam tudo sem a menor cerimônia. E explodiam discursos acalorados contra a falta de policiamento; a incoerência da justiça que solta criminosos para depois, eventualmente, recolhê-los novamente depois de novos crimes; a necessidade de se rever nossas leis, nosso sistema presidiário, etc.

Jairo ouvia tudo aquilo, mas não se sentia culpado. *"Andrezza, aquela piranha! Ela me levou a fazer aquilo! Nunca antes matei ninguém. Nenhuma mulher jamais saiu sequer ferida. Sempre fui carinhoso com elas. Nem sei por que elas sentiam tanto medo de mim... eu jamais as mataria. Mesmo o revólver que usava para intimidá-las nunca tinha munição... Mas com Andrezza deu tudo errado. Ela mais parecia uma donzela inútil. E Isso não pude aguentar. Não me arrependo de tê-la matado. Ela não gostava da Clara. Pode alguém não gostar da Clara?..."*

Um mês havia transcorrido, e ele ainda não havia sido preso.

Aramis não mais insistiu para Clara fazer o aborto, mas suas relações estavam estremecidas. Quase todos os dias discutiam, ou melhor, ele discutia.

Os vizinhos comentavam entre si e não compreendiam como um casal que vivera tão bem durante tantos anos, de uma hora para outra pudesse viver daquele jeito. "Só pode ser coisa feita, diziam."

Em um anoitecer de domingo, o telefone tocou várias vezes. Aramis atendia, e ninguém respondia.

Furioso, da última vez ele gritou, esbravejou e bateu o telefone.

Clara não disse nada. Qualquer coisa que dissesse pioraria a situação. Mesmo assim, ele gritou também com ela. Depois, saiu, batendo a porta.

Na esquina, um vulto saiu de detrás de uma árvore e passou por ele em sentido contrário.

Ficou à espreita no portão da casa de Clara. Viu Aramis virar a esquina e desaparecer.

Clara ouviu o barulho do portão e pensou: "*Graças a Deus, ele se arrependeu e voltou. Já me decidi, vou amanhã fazer o exame de DNA. Já me informei e existe a possibilidade de fazê-lo antes de a criança nascer. Sinto, agora, mais do que nunca, que o filho não é do estuprador*".

Clara ficou petrificada olhando o revólver apontado para sua cabeça.

23

O SEQUESTRO DE CLARA

Há quem atribua tudo ao destino. Se assim for é porque um dia o forjamos. Nada chega até nós por imposição aleatória; por capricho de Deus.

Aramis saíra de casa aborrecido com os constantes telefonemas. Ficou fora boa parte do dia. Arrependeu-se de ter sido tão rude com Clara. Ela não poderia estar tendo um caso com ninguém, pois sempre que ligava para seu serviço, ela lá estava. Sua vida era da casa para o serviço; do serviço para casa. Não haveria tempo. Mesmo casmurro, ele ficava ao lado dela; exceto – pensou – quando se aborrecia muito e ia para o bar. *"Talvez eu esteja bancando o idiota. Enquanto estou bebendo e acabando-me em sofrimentos, ela pode estar rindo nos braços do amante. Só Deus sabe como são as mulheres..."*

No auge do desespero, buscava respostas consoladoras. Procurava cortar a invasão de sugestões provindas das mentes enfermiças que o dominavam. Em tais momentos, deixava-se conduzir como um filho dócil. Mas de repente, "acordava" e pensava em Jesus, aquele que fora sempre o ídolo de sua infância e juventude. E lá, nas regiões abissais da alma, encontrava dois olhos meigos que o fitavam. *"Meu Jesus, mostra-me o caminho. Enlouqueço".*

Ao anoitecer, voltou.

Estranho silêncio. Foi ao quarto. *"Ela deve estar dormindo. Ultimamente, dorme até em pé... deve ser por causa da gravidez..."*

E lágrimas inundaram-lhe os olhos.

"Não está dormindo. Aonde teria ido?" – pensou, em um crescente desespero.

Correu pela casa toda. Vasculhou o quintal. Nada. Clara não estava em casa.

"Ela não costuma sair sozinha. O que terá acontecido? Será que passou mal, e o resgate foi chamado? Meu Deus, como ainda amo essa mulher!"

Resolveu telefonar para Cláudia. Quem sabe ela não se sentiu muito só e foi procurar a amiga? Tenho sido o carrasco dela...

Cláudia ficou preocupada. Nada sabia de Clara.

– Não sei o que fazer. Ela nunca saiu sozinha. Principalmente ao anoitecer.

– Talvez ela tenha ido à padaria, ou à farmácia. Espere um pouco.

– Estou com um mau pressentimento, Cláudia. Não estamos nos entendendo muito bem... e...

– Foi bom você tocar no assunto. O que acontece entre vocês? Sempre foram tão unidos; sempre os citei como exemplo de amor e fidelidade, agora...

– Isso tudo é passado, Cláudia. Nossa vida virou de pernas pro ar. Vivo por teimosia...

– Tenho observado que Clara anda num mutismo de fazer dó. Nem comigo, que sou sua melhor amiga, ela se abre. O que aconteceu?

Aramis pensou em se desabafar com Cláudia. Mas não tinha o direito de expor a mulher. Nunca contaram a ninguém sobre o estupro.

– Qualquer dia, a própria Clara lhe conta. Mas não se preocupe.

Alguém tocou a campainha.

– Vou desligar, Cláudia. Estão tocando a campainha – e, coração aos saltos, foi abrir a porta.

– Dona Cida, entre.

– Senhor Aramis, nem sei como lhe dizer... Dona Clara não está em casa, está?

– Não. Entre, por favor. Vamos conversar aqui na sala. Fale logo. O que sabe?

– Eu tinha ido à padaria. Quando voltava, vi a Clara entrar num carro com um homem. Ela me pareceu que ia a contragosto. Eu fiquei olhando. O carro partiu em velocidade.

Aramis sentiu que o chão lhe faltava. A voz não

saiu de imediato. Todo seu corpo tremeu como que acometido de alguma febre.

"Meu Deus! Ela me abandonou! Como pude ter sido tão cego? Com certeza, entendeu-se com o amante e se foram. Devem estar rindo às minhas costas agora".

"Ah... Aramis... Como ficamos imbecilizados quando estamos reencarnados! Como o corpo denso nos tira a sensibilidade do Espírito! Já esqueceu tudo o que Clara fez por você? O que ela está suportando por amor? Pudesse você, agora, apossar-se de toda verdade, ficaria envergonhado" – assim falava a si mesma o Espírito Esther, que os acompanhava desde que saíram da colônia espiritual para o renascimento.

A vizinha estava aflita. Não sabia se fizera bem em falar.

– Obrigado, dona Cida. Sabe me dizer que horas eram?

– Foi pouco tempo antes da sua chegada.

– Então, não faz muito tempo...

Esther chegou perto de Cida e a envolveu. Aramis estava muito tenso, cheio das ideias preconcebidas e não a ouviria.

"Diga a ele que Clara foi sequestrada."

Dona Cida ia saindo quando a ideia lhe ocorreu.

– Meu Deus, senhor Aramis! Acabo de ter uma forte impressão. Na verdade uma intuição. Um aviso.

Aramis ficou olhando para ela.

– Acho que Dona Clara foi obrigada a ir com aquele homem!

Aramis deu um pulo.

– Sequestro?

– Sequestro – repetiu a vizinha. – Agora, lembro-me, que quando o homem conduziu Clara para dentro do carro, usava uma jaqueta e estava com a mão no bolso, como se tivesse uma arma apontada para ela.

Aramis não reagiu de imediato. Parecia paralisado. Mas de alguma forma, a ideia do sequestro, e não da fuga da esposa, aliviou-o.

– Está me ouvindo, senhor Aramis? Falei que ela pode ter sido mesmo sequestrada!

– Como não pensei nisso? Meu Deus! Vou chamar a polícia.

24

CLARA E O SEQUESTRADOR

Se Deus escreve certo por linhas tortas,
tal redação visa à harmonização com a Lei.

No banco de trás, Clara, em pânico, observava Jairo. *"O que vai ser agora? Esse homem está completamente enlouquecido. Pobre Aramis, como deve estar sofrendo. Vai pensar que eu o estou abandonando; que tenho mesmo um amante"*.

O revólver estava no banco da frente, ao lado de Jairo. Com a pressa, ele o havia jogado ali e já dele se esquecera. Vez ou outra olhava Clara pelo espelho retrovisor e lhe dizia palavras carinhosas.

"Se eu conseguir distraí-lo, posso pegar o revólver. Mas terei coragem para usá-lo? E se, sem querer, eu matar esse desgraçado? Fala-se muito em direitos humanos... parece que protegem mais os bandidos do que os cidadãos corretos. Falam sempre desses direitos humanos com referência aos fora da lei, mas quando

alguém, mesmo por legítima defesa, mata um bandido, então tem de se explicar direitinho. E até prova em contrário..."

A revolta tornava escura a aura exterior de Clara. Seu autocontrole a abandonava. Sua fé já ia sendo amortalhada. Em vão, Esther tentava sintonizar-se com ela. A barreira áurica, como uma couraça invulnerável, repelia tudo que não condissesse com suas vibrações carregadas de rebeldia.

Como os afins se buscam, sombras escuras adentraram o carro em velocidade, envolveram Clara e lhe sugeriram que apanhasse o revólver e atirasse em Jairo. Era legítima defesa. Ninguém diria o contrário.

Clara olhou o revólver no banco. Se se levantasse depressa, poderia pegá-lo. O que faria, então? Mandaria Jairo parar o carro? E se ele se negasse? Teria ela coragem para atirar nele? Por que não? Já não sentira essa vontade no dia do estupro?

Então, Esther pensou em um meio diferente de ajudar Clara. Era evidente que alguma desgraça aconteceria se ela pegasse o revólver. O carro estava repleto de Espíritos daninhos, e eles poderiam influir nos acontecimentos. Jairo poderia perder a direção e capotar o carro... ou sair da estrada... ou chocar-se com outro, aumentando o tamanho da tragédia.

Então, olhou para Jairo, no volante. À sua volta, uma entidade feroz, quase colada a ele, ia-lhe sugerindo ideias sobre onde esconder Clara para despistar a polícia.

Esther concentrou-se. Foi-se envolvendo, pela sua vontade, em fluidos densos. Alterou sua fisionomia angélica por uma mais vulgar. Transformada, aproximou-se de Jairo e falou ao seu acompanhante umbralino:

– Não está vendo o que se passa aí atrás? Veja que estão tentando sugestionar a moça a pegar o revólver e matar seu amigo aí, o motorista. Vai permitir que isso aconteça?

Imediatamente, o obsessor foi para o banco detrás e expulsou aquela corja. Depois, olhou para Esther e pediu que ela também se fosse.

Mas ela não se foi. Apenas voltou ao seu normal e tornou-se invisível novamente.

"Agora sim. Sem as influências maléficas, tentarei falar com Clara" – e aproximou-se dela, que ainda estava confusa. Esther a envolveu e foi reequilibrando sua aura em um procedimento similar ao passe que conhecemos nas casas espíritas.

Clara começou a voltar ao seu normal. Aquela presença a acalmava. Só então ela pôde chorar. Jairo virou-se para ela:

– Não chore! Fico nervoso com chororô.

– Por favor, senhor Jairo. Pense no que está fazendo.

– Já pensei, e muito. Estou fazendo o que já devia ter feito há muito tempo. Afinal, se eu não pensar em minha felicidade, quem é que pensará? E pare de me chamar de senhor! Acho que sou até mais novo que você, droga!

– Você não sabe, mas estou grávida. Se perder a criança, você será culpado também por isso.

Jairo fez uma carantonha. Não contava com aquilo.

– Grávida ou não, o que *tá* feito *tá* feito.

Esther sugeriu a Clara que ficasse quieta, pois Jairo estava dando mostras de desequilíbrio mental. Nada do que ela dissesse surtiria o efeito desejado.

Um carro de polícia passou por eles, e Clara teve um momento de esperança.

O revólver continuava no banco. Assim que o carro de polícia passou, Jairo estacionou e pegou o revólver. Clara tremeu. Será que ele a executaria ali?

– Não quer descer um pouco e esticar as pernas? – ele disse, gentilmente.

Clara pensou que talvez aquela fosse a oportunidade para fugir.

Como se lesse seus pensamentos, o rapaz disse:

– Mas não tenha ideias. Sou muito bom de pontaria.

Clara desceu e andou um pouco pelo acostamento. Estranhamente, todo pavor inicial havia desaparecido.

Era Esther que, ao seu lado, transmitia-lhe bons fluidos; mensagem de paz, de esperança, de fé.

De repente, sentiu uma forte contração uterina.

"O bebê... deve ter sofrido com tanto sentimento ruim à sua volta. Posso ter um aborto espontâneo a qualquer hora. E junto com esse louco, sem assistência médica... morreremos os dois..." – Depois, lembrou-se de que talvez fosse a solução. Perderia o bebê espontaneamente. Nenhuma culpa lhe caberia. Mais cedo ou mais tarde, voltaria para casa e não haveria mais aquele problema. Aramis voltaria a ser o que era antes.

Uma dor profunda lhe invadiu a alma ao pensar em perder o bebê. Já amava aquela criaturinha que se desenvolvia dentro dela. Mas estava tudo errado! – se questionava – Ela deveria odiar aquele feto, pois fora, talvez, concebido por meio da mais torpe violência.

Todavia, acariciou o ventre. A imagem de Júnia, sorridente, veio-lhe à mente. *"Júnia... você está voltando!! Sinto que é você!"*

Jairo aproximou-se.

– Sabe que você está ainda mais bonita? Sempre quis estar assim... bem próximo de você. Agora, vamos fazer de conta que somos marido e mulher e que esse filho que você diz estar esperando é o nosso bebê. Nosso herdeiro – e tentou beijá-la, mas ela o empurrou com tanta violência que ele se desequilibrou e caiu.

Um carro parou:

– Estão precisando de ajuda?

– Não – respondeu Jairo, prontamente.

Clara fez um sinal disfarçado para o motorista e pediu a Deus que ele tivesse compreendido a mensagem muda.

O homem olhou bem para Jairo.

– O que está me olhando? Já disse que eu e minha esposa não estamos precisando de nada. O senhor pode ir. Muito obrigado.

O homem afastou-se, mas parou no primeiro posto de gasolina.

– Alô. É da polícia? – E contou o acontecido, fornecendo, inclusive, a placa e a cor do carro. Por trás de tudo estava a ajuda de Esther.

Jairo estava furioso com Clara.

– Então é assim? Você tem nojo de mim? Depois de eu lhe ter dado tanto amor, é essa a sua paga? Mas escute muito bem o que vou lhe dizer: Você não vai me fugir como Leyla me fugiu. Não! Desta vez, estou atento.

Clara ficou estarrecida. *"Jesus Cristo! Ele está completamente louco! Que faço, meu Deus?"*

– Agora já chega! Vamos, entre aí e não abra a boca! A gente quer ser bonzinho, educado... e dá nisso!

Três horas de viagem e, para angústia de Clara,

nenhum rodoviário parara o carro. Continuaram seguindo cada vez mais para o interior.

– Para onde estamos indo?

– Logo saberá. Mas eu mandei você ficar de boca fechada. É surda?

Esther gostaria de afastar aquele obsessor de Jairo. O rapaz já era bastante ruim sem ele. Deliberou que se tornaria novamente visível e lhe falaria. Sabia que não ia adiantar muito, mas deveria tentar.

O avejão, todavia, mostrou-se impertinente.

– Já mandei você embora. Por que voltou?

– Já ouviu falar alguma vez de Jesus? Sabe que tudo o que fazemos volta a nós?

– Alguém pediu a sua opinião? Faço o que quero. Este aqui foi quem me chamou. Agora já chega de papo furado. Vá-se embora antes que sobre também pra você.

Esther nada pôde fazer. Respeitaria o livre-arbítrio de ambos. Cada um escolhe as companhias espirituais com as quais se afinam.

A casa aonde Jairo levou Clara ficava próxima à casa de campo onde passaram aquelas trágicas férias. Cada trecho do caminho era uma lembrança para Clara. *"Terá ele coragem de me levar para a casa do avô de Yara? Meu Deus, ele não está bom do juízo"*.

Mas ele não foi para lá. Dirigiu por cerca de meia

hora por uma estrada vicinal e parou em uma casa abandonada. Desceram.

– Chegamos. Você está cansada? Deve estar com fome. Sou bom cozinheiro. Farei um jantar para nós. Um jantar à luz de velas. Aqui não tem energia elétrica.

Todo seu azedume havia passado. Clara ainda duvidava de que aquilo estivesse acontecendo com ela.

– Vou carregar você no colo. Pra dar sorte.

– Não se aproxime de mim.

– Não é hora de ficar nervosa. Qual é sua queixa? Não tenho lhe tratado bem? Ordene. Eu obedecerei. Hoje, estou romântico e quero que tudo seja diferente; não quero brigar com você. Vamos ser felizes juntos.

Estava tudo escuro. Só o farol do carro tapizava a grama verde.

25

O DESESPERO DE ARAMIS

Por uma boa causa é lícito pedir auxílio aos Espíritos,
desde que não façamos deles a nossa muleta.

A pedido da polícia, dona Cida fizera o retrato falado de Jairo. Aramis também falou de sua suspeita sobre o autor do sequestro, lembrando-se da delação de Andrezza. Infelizmente, não se lembrava dele, mas sabia onde morava.

Foi, com um policial, até a casa de campo do avô de Yara.

– Polícia – foi logo falando o policial e entrando sem esperar convite.

O pai de Jairo assustou-se. Sempre fora correto e estranhava a presença da polícia ali.

– Seu filho Jairo está em casa?

– Não, senhor. Faz algum tempo que ele desapareceu. Nunca mais tive notícias dele. Aconteceu alguma coisa?

– Houve um sequestro e precisamos falar com ele.

– Senhor... – disse Aramis.

– Jonas, a seu dispor, seu Aramis.

– O senhor deve falar a verdade, senão se tornará cúmplice dele. Minha esposa foi sequestrada e tenho motivos para pensar que foi seu filho.

– Santo Deus! Esse menino nasceu pra me fazer sofrer!

Enquanto Jonas e Aramis conversavam, o policial entrava na casa e vasculhava tudo. Fez Jonas abrir a casa do avô de Yara e procurou lá também. Todo o quintal foi vistoriado. Nenhum lugar escapou aos olhares do policial e de Aramis.

Jairo não estava na casa.

– Viemos até aqui por desencargo de consciência – informou o policial. – É claro que ele não viria aqui; não é bobo.

– O senhor sabe o endereço dele? Tem alguma ideia de onde ele possa estar? É bom colaborar com a polícia – disse Aramis ao pai de Jairo.

O policial reafirmou a observação.

– Para o bem do rapaz espero que nos informe. Se o senhor sabe alguma coisa que possa nos ajudar, fale logo.

Jonas aquiesceu com a cabeça. Estava a ponto de chorar.

O tempo passava e nada de notícias de Clara. O policial acalmava Aramis, dizendo que estava fazendo um rastreamento e logo encontraria Jairo e sua esposa.

A cada hora que se findava, mais crescia o desespero de Aramis. Culpava-se. *"Se eu tivesse ficado em casa com ela, nada disso teria acontecido. O desgraçado ficou sondando, quando me viu sair..."*

O policial o alertou de que deveria voltar a sua casa, pois com certeza o sequestrador telefonaria, pedindo o resgate. Porém, Aramis sabia que o motivo do sequestro era outro e não para conseguir dinheiro. Não quis entrar em detalhes e voltou.

Telefonou a um amigo e lhe contou o sucedido. Foi-lhe sugerido que fosse a determinado Centro Espírita. A reunião já deveria ter começado, mas poderiam ser atendidos assim mesmo, no final.

– Vá lá, Aramis. Você está tão descontrolado que poderá infartar! A médium é uma senhora boníssima. Tem um mentor que a dirige nos seus trabalhos espirituais. Tenho certeza de que eles poderão ajudar.

– Não quero saber nada com macumba.

– Macumba?! Que macumba, cara? Ficou lelé? Centro Espírita não tem nada a ver com macumba.

– Não é tudo a mesma coisa? Macumba...

– Olha, isso tem a ver com mediunidade, com o fenômeno em si mesmo, porque mediunidade independe de qualquer religião.

– Não entendo...

– Você está fazendo a mesma confusão de muitos. O Espiritismo é uma doutrina. Doutrina é um conjunto de conceitos. O espírita segue os postulados do Espiritismo codificado por Allan Kardec. A proposta do Espiritismo é a mesma do Cristianismo. Aliás, ele veio para nos fazer voltar ao cristianismo esquecido e deturpado. Talvez a confusão se faça, porque algumas religiões têm em comum com o Espiritismo o uso da mediunidade, dos fenômenos paranormais, se assim podemos nos expressar. E muita gente tem mediunidade sem ser espírita. Existem médiuns até entre os evangélicos, embora eles entendam isso de forma diferente. Existem médiuns nos manicômios. Incompreendidos. Sem pretender menosprezar qualquer religião e, compreendendo o valor de cada uma delas, não devemos fazer confusão e achar que tudo é a mesma coisa, pois não é.

O amigo de Aramis fez uma pausa e continuou:

– Quero ratificar que não vai aqui nenhuma crítica negativa a essas religiões. Cada um se guia pela própria cabeça. E todas as religiões que visam ao aprimoramento espiritual são abençoadas escolas do Espírito. Só estou querendo desfazer as confusões feitas em torno disso. Estou, como no dizer popular, dando nome aos bois: Espiritismo é Espiritismo. Espiritismo nada tem a ver com outras religiões, que também possuem respeitáveis medianeiros e nobres finalidades quando no caminho do mestre Jesus.

Aramis, embora desconhecedor do Espiritismo, sempre agira no bem. "A Deus não importa qual é o médico se o paciente toma o remédio certo."

– Você acha, então...

– ... que você deveria procurar essa médium o mais rápido possível. Estou indo aí pra pegar você.

Aramis ficou surpreso com a tranquilidade do ambiente na casa espírita. Logo que entrou, ficou emocionado com a música harmoniosa, com a luz suave, com a recepção que teve. Contou tudo.

– Tenha muita fé em Deus. Estou sendo informada por um Espírito que conhece seu caso. Diz chamar-se Esther. Fique tranquilo. Ela diz que sua mulher está bem. Diz que vai ajudar a polícia a encontrá-la. É questão de tempo.

Um peso enorme foi tirado do coração de Aramis.

Por sorte, e por uma dessas "coincidências", o orador estava atrasado. A palestra da noite foi sobre ação e reação. Ele compreendeu que tudo que nos acontece tem uma razão de ser. É a resposta de alguma ação praticada nesta ou em existências passadas.

Naquela noite, enquanto seu corpo repousava,

Esther o levou para um esclarecimento no plano espiritual.

A própria Esther falaria também com outros Espíritos libertos do corpo material pelo sono.

Sentaram-se todos em círculo e acompanharam Esther na sua oração.

Aramis, relativamente desembaraçado dos liames do corpo físico, tinha suas percepções mais dilatadas. Olhou ao redor e aspirou fundo o perfume suave da vegetação verde que lhes era um tapete natural.

– *Meus amigos e irmãos em Deus-Pai...* – começou Esther.

Muitos de vocês estão atravessando provações amargas, mas necessárias. Não se lembram, mas nada nos acontece por capricho de Deus ou por acaso.

Na nossa cegueira espiritual, costumamos supervalorizar a nossa dor e não vemos a que campeia ao nosso lado. Estamos voltados exclusivamente para as nossas.

É bem próprio do ser humano avaliar de forma ambivalente a mesma situação: quando o fato se dá consigo, tem um peso; quando com seus semelhantes, outro. A Terra é um grande hospital. Também uma grande escola. Cada um está matriculado no ano a que faz jus. Ninguém salta dos primeiros bancos escolares para a universidade. Assim, vamos passando pelos anos, aprendendo, consubstanciando conhecimentos. Evoluir, tal é a lei. E nessas experiências, a fim de crescermos em Espírito e desenvolvermos a fagulha divina que herdamos do

Criador, vamos cometendo uma série de erros. É compreensível isso. Sempre erramos, até aprender.

Esther fez uma pausa. Aramis acompanhava seu raciocínio lógico.

– *Até aqui, estão compreendendo? Prestem atenção, fixem bem as orientações para, inconscientemente, utilizarem-nas depois, quando acordarem no corpo físico.*

Aramis afirmou com um gesto de cabeça. Não queria perder as orientações e esclarecimentos. Esther continuou:

– *Saibam que ninguém nunca está abandonado. Jesus é o governador espiritual da Terra e sabe das necessidades de cada um de nós. Ele já esteve, por muito nos amar, encarnado em um limitado corpo físico. Conhece-nos de longa data. Sei o quanto alguns de vocês estão magoados com o que está lhes acontecendo. Sei o que estão passando, mas creiam-me, poderia ainda ter sido pior.*

"Pior do que o que estou passando?" – pensou Aramis.

– *Quando eu digo que erramos até aprender, não é mera argumentação de convencimento. Na nossa vivência em busca do saber... do saber que tem de ser conquistado por nós mesmos, muitas vezes, cometemos erros monstruosos. Sofremos suas consequências até perceber que estamos laborando em erro, pois tais ações geram reações dolorosas. Essas reações já estão implícitas na própria Lei de Deus, de forma que não há necessidade de fiscais siderais a nos vigiar os pensamentos e atos. Atire-se uma bola de borracha contra uma parede e ela voltará a nós com a mesma força com que foi arremetida. Nenhum castigo de Deus, mas consequência natural da ação.*

"Então... pelo que entendi... devo ter cometido muitas atrocidades no meu passado espiritual".

– Um dia, saberemos o porquê dos nossos sofrimentos. No momento, basta sabermos que nada do que nos acontece é de graça ou por arbitrariedade de Deus-Pai. Estamos saldando dívidas passadas e devemos tomar muito cuidado para não contrairmos novos débitos.

Muitas vezes, achamos que estamos resgatando o passado, mas estamos apenas recolhendo as reações daquilo que fazemos aqui e agora. As notas promissórias das dívidas passadas ainda poderão estar no banco da vida, esperando pelo resgate.

Esther parou um pouco e sondou os ouvintes.

– Bem sei que muitos gostariam de saber o que os faz sofrer... qual ação que ensejou tal sofrimento, todavia, creiam, seria contraproducente.

No momento, todos já têm muitos problemas a resolver, não procurem outros, que poderão se desequilibrar ainda mais. Um dia, compreenderão tudo. Mas, ratifico: não há castigo; há reação... A ação ou motivo... se não está na existência presente, com certeza está na passada.

Muito mais falou o nobre Espírito, e a reunião foi encerrada com uma prece.

Aramis permaneceu um tempo mais. Esther queria lhe falar, pois o caso dele exigia certa urgência.

– Se eu não enlouquecer com essas reações... – disse a Esther.

– Não enlouquecerá. Deus conhece sua força.

– Gostaria de acreditar.

– Aramis, o importante é não desanimar. Controle-se. Clara também precisa muito de você. Ela é inocente do que você a acusa.

Aramis sentiu-se um traidor. Se o Espírito falava a verdade, Clara jamais o perdoaria pela ofensa. Ele também não se perdoaria.

– Ah, como a teoria é diferente da prática. Eu e Clara achávamos que tudo seria fácil, afinal, nos amamos tanto...

Esther pediu que ele apassivasse a alma; que confiasse. Em seguida, passou a lhe aplicar recursos magnéticos.

A paisagem mudou para Aramis. A cortina do tempo foi parcialmente aberta, e ele contemplou uma nesga do seu distante passado:

Estavam em guerra. 1915. Um soldado volta ferido para casa. Para ele, a guerra havia acabado. Na casa modesta no interior da Alemanha, uma moça, ou melhor, uma menina de treze anos, empregada da família, faz curativo na perna ferida do ex-soldado. Este a olha com cupidez. Faz planos libidinosos para quando melhorar.

Aramis a tudo observa. Geme e estremece vez ou outra. Esther continua com ambas as mãos sobre sua cabeça. O passado vai retornando...

O ex-combatente já anda pelos aposentos. Do ferimento, apenas uma sequela: ficou manco da perna atingida. Tem ele pesadelos incríveis, dos quais acorda gritando que não quer ser enforcado; que é inocente. A menina tenta acalmá-lo. Diz-lhe que é consequência da guerra, mas, no íntimo da alma, ele sabe que aquilo nada tem a ver com a guerra, na qual permaneceu bem pouco tempo.

Enquanto a menina, pura em seus pensamentos fraternos, tenta acalmá-lo, sua mente fervilha de desejos.

Em uma tarde em que todos saíram, ele a atrai para o quarto. Fecha a porta, amordaça a infeliz e a violenta.

Nesse ponto, Aramis gritou. Sabia que ele fora o soldado de outrora. Hoje, inverteram-se os papéis. Ontem, carrasco. Hoje, vítima. Nenhum castigo. Tudo engajado na maior justiça; na justiça divina.

Esther retirou as mãos, e ele voltou ao presente.

– Espero que esses clichês do seu passado façam você perceber que realmente não há castigos, e, sim, reações; acertos de contas; colheita de quem plantou espinhos.

Aramis soluçava. A volta ao passado o surpreendera.

– Tenho plantado espinhos. E Clara... pobre Clara... mais uma de minhas vítimas!

– Não tome minhas palavras como críticas ou recriminações. Não sou ninguém para julgar atos alheios. Mas não se esqueça de que Deus não quer a morte do pecador, mas sua regeneração. Não esqueça também que, quando Jesus foi preso, um dos seus discípulos, para defendê-lo, puxou a espada e decepou uma orelha do soldado. Jesus então lhe disse: "Embainha a tua espada, pois todos os que lançam mão da espada, pela espada perecerão".

Aramis estava abatido. Tais lembranças o confundiam:

– Então... tudo bem... mas assim fica um círculo vicioso interminável. Um comete um erro, e o outro vem e se vinga. Depois, outro vem e se vinga daquele que anteriormente se vingou... sucessivamente.

– Não, meu caro! Não é assim que a justiça se faz. Esse é um dos modos, mas existem outros. A verdade é que Deus não é limitado e tem muitos jeitos para nos proporcionar o equilíbrio com a lei desrespeitada. Deus não está em bancarrota, que precise estar sempre criando novos assassinos.

– Como entender, então?

– Às vezes, aproveita-se as disposições já decididas do agressor para se fazer justiça por meio dele. Nesse caso, não há intromissão da espiritualidade, que fica à retaguarda. Afinal, é o credor diante do devedor. Ninguém ordena que ele se vingue. Ao contrário, Jesus ensinou o perdão. O olho por olho das leis mosaicas foi substituído pelo "perdoa, para que Deus também te perdoe". Ele, o agredido, quer se vingar por conta própria, então, a responsabilidade é toda dele. Não se está criando novo assassino, pois, se assim fosse, ele, o assassino, não poderia ser culpado; agira em consequência do determinismo, e determinismo não existe no reino hominal. Ele tem o livre-arbítrio nas boas e nas más ações e não está obrigado a fazer nada que não queira.

– Quer dizer que no meu caso...

– Você ainda desconhece muitas coisas. No caso do estupro que você cometeu, a menina tinha alguns méritos espirituais. Era uma alma a caminho da redenção e lhe perdoou a ofensa. Não quis se vingar e seguiu seu caminho.

– Então... Não entendo. Por que agora minha dor é tão crucial se ela me perdoou?

– Ela o perdoou, mas sua dívida perante a lei deverá ser cobrada de qualquer forma. Ela, a agredida, perdoou e seguiu seu caminho. Vivenciou os ensinamentos do Cristo Jesus, mas a dívida que você contraiu... essa, permanece até ser quitada.

Aramis pensava. Esther continuou:

– O livre-arbítrio dela foi respeitado. E, a bem da verdade, no seu plano reencarnatório você concordou em reparar o erro; fez questão de se redimir, experimentando do próprio veneno. Sabe-se que ninguém avança deixando questões inconclusas para trás. Mas, se ela o perdoou e seguiu em frente, você mesmo não se perdoou. Nem o pobre Jairo.

– Jairo?! O que tenho eu a ver com ele?!

– Você, sem querer, foi a causa da infelicidade dele muito tempo antes de ser o soldado estuprador. Para ser mais precisa, foi por volta de 1868, quando Jairo, ou Apolodoro, quase conseguiu levar você para a forca. Tão profundo foi o pavor que se fixou em sua alma, como um decalque a fogo, que, ainda hoje, em nova existência, você sonha com isso e acorda aos gritos, não é verdade? Você se chamava Petrônio. Jairo, Apolodoro, e Andrezza, Lírya. Vê como tudo está ligado na justiça divina?

Esther contou detalhadamente a Aramis a história que já narramos.

– Minha amiga! Mas eu não tive a menor culpa se ela se apaixonou por mim! Graças a Deus, eu soube respeitá-la e a ele.

– Sabemos disso. Foi por essa razão que você não foi enforcado naquela ocasião. O plano espiritual superior tomou a sua defesa e o livrou da forca. Mas ficaram as sequelas do seu pavor, fazendo-o sonhar, constantemente, com a forca. Nada é por acaso, sabemos.

Esther continuou explicando os fatos ainda encobertos pelos véus. Queria que Aramis entendesse que a lei divina é perfeita; que tolo é aquele que julga poder burlá-la.

– Muitos caminhos a justiça tem!

– O agressor atual serve como agente da justiça divina, mas isso não o isenta (o agressor) de ter de responder pelo seu ato. Em um planeta onde o verbo amar é pouco conjugado o que não falta são instrumentos humanos de justiça. Mas o são por conta própria e responderão por isso. *"É necessário que o escândalo venha, mas ai daqueles por quem eles venham"* – Não foi isso que Jesus ensinou?

Aramis anuiu com a cabeça. Esther continuou:

– Há muitos meios de ressarcimento, de reequilíbrio com a Lei, e a caridade é um deles. Assim, aquele que se conscientiza de que errou, em vez de ficar vertendo lágrimas inúteis de arrependimento, que arregace as mangas e trabalhe em benefício do seu semelhante. Maria Madalena, que muito errou, ao encontrar Jesus e vivenciar Seus ensinamentos, arrependeu-se, todavia, só o arrependimento não é suficiente. É, sim, o primeiro passo, mas não nos isenta de ter de voltar pelo caminho, colhendo nossos espinhos.

– Conheço a história dela... Arrependeu-se, mas não ficou se lamentando. Doou sua vida, dali por diante, em prol dos necessitados. Reequilibrou-se fazendo caridade.

– E nunca mais reincidiu nos erros. Viveu os ensinamentos recebidos diretamente da fonte.

Aramis havia entendido. Mas a emoção de descobrir algo tão nefasto sobre si mesmo o magoava.

Acreditava-se melhor do que realmente o era. *"Afinal, não sou tão melhor do que o desgraçado do Jairo."*

Louvado seja nosso Criador, que nos favorece com o esquecimento temporário de nossas mazelas para dar tempo às nossas transformações; ao nosso fortalecimento.

– Esther, mesmo assim não consigo perdoar... se lhe dissesse que perdoei, não estaria sendo sincero. Ainda tenho ódio no coração. Ainda tremo e acho que, se encontrasse aquele homem novamente, seria capaz de matá-lo... Ainda não entendo Deus...

– Seria estranhável se você O entendesse. Nosso cérebro é muito limitado para conter tanta magnificência, tanta grandeza! Mas um dia O entenderemos.

– Espero que sim.

– Deus é grande demais para caber em um simples cérebro humano.

– E a menina que foi por mim violentada?

– Como já lhe disse, ela o perdoou e seguiu seu caminho. Jairo foi o instrumento utilizado no lugar dela. Já havia nele predisposição. Você, se fizer um esforço, poderá se lembrar dela, pois ela não lhe é estranha.

Aramis esforçou-se. Mas não se lembrou.

– Não, Esther. Não me lembro... Ela deve estar muito longe agora. Depois de tudo o que lhe fiz...

– Aquela menina...

– Pobre menina... Que ela seja feliz onde se encontra agora.

– Ela é muito feliz.

– Então... você a conhece?!

– Sim...

– Meu Deus! Eu posso vê-la? Pedir perdão pelo meu crime?

– Se quiser... mas não será preciso, pois ela já o perdoou...

– Mesmo assim, eu gostaria de lhe falar.

– Aquela menina... sou eu.

– Santo Deus! Não posso crer! Depois de tudo o que lhe fiz... Perdão... Perdão...

E Aramis corou. Baixou os olhos e, envergonhado, chorou.

– Tudo bem, Aramis. Eu o perdoei de todo o coração.

– Quanto a Andrezza, ou Lírya...

– As pessoas têm modos estranhos de reagir. Mas ela queria se vingar pelo seu desprezo no passado. O pior castigo, para uma mulher, é ser rejeitada. Uniu-se a Jairo para infelicitar você. Jairo, no último momento, também soube que ela fora a noiva que o abandonou no passado. Por isso a enforcou sem piedade.

– Então... você... que tinha reais motivos para se vingar, perdoou-me, e ela...

Esther sorriu.

– Não me lamente. Graças a Jesus, eu soube perdoar, porque, assim, livrei-me da tortura das lembranças; do ódio que corrói; do amargor que sempre vem à boca toda vez que se lembra do desafeto. O perdão traz a paz. A serenidade. Quem não sabe perdoar mantém-se sempre ligado às vibrações inferiores. E estas nada trazem de positivo à alma. Inteligente é aquele que perdoa e segue adiante; que deixa a justiça ser praticada por Aquele que realmente tem esse direito.

Aramis estava surpreso. Esther prosseguiu:

– O perdão é bom para o ofendido e também para o ofensor, porque este não mais sentirá o ódio do outro sobre si, porém, não o isenta de receber a reação daquilo que praticou. E isso para o próprio bem do ofensor que, por meio da dor, compreenderá qual o melhor caminho a seguir doravante. A cirurgia pode doer muito, mas extirpa o mal.

– Se o que sofreu perdoou, então outro foi o agente da corrigenda. Houve, então, como eu disse, necessidade de se criar um agressor...

– Não entenda dessa forma. Deus nunca cria novos agressores. Como já lhe afirmei, usa-se a predisposição daquele que tem o mal ainda arraigado em si mesmo. São aqueles que, sem o saberem, tornam-se agentes indiretos da justiça. Mas o Pai não precisa deles para fazer justiça; apenas os aproveita para, assim, também fazê-los crescer.

Ia a conversa ao meio quando Aramis foi repentinamente levado de volta ao corpo. Um trovão estremeceu sua cama, e ele foi imediatamente religado ao corpo físico. Acordou assustado. Do sonho, pouca coisa guardou.

Esther lamentou que ele tivesse retornado assim, repentinamente, sem tempo de submetê-lo a um processo que o fizesse se lembrar com alguma clareza daquela ocorrência espiritual.

– Bom, teremos outras oportunidades. Pobre Aramis... terá forças para a superação? Que Deus o proteja. Que proteja também a Clara.

E ali, debaixo daquele céu risonho, ouvindo o murmúrio de um rio que rolava entre seixos, ajoelhou-se e orou.

26

NA CASA ABANDONADA

Deus conhece o caminho mais oculto aonde caminhamos.

Jairo, na sua loucura, ofendeu-se pela recusa de Clara em ser por ele carregada até a casa.

O negrume era total. O céu vestia um manto de nuvens plúmbeas, e os animais de vida noturna abandonavam suas tocas na luta pela sobrevivência. A cadeia alimentar não escolhe vítima. Somente o mais forte, o mais esperto, sobreviverá.

Clara queria sobreviver à catástrofe que se abatera sobre ela. Seria forte. Não se deixaria dominar por aquele psicopata. Precisava pensar com a maior urgência em um meio de se evadir dali.

Jairo deixou o revólver novamente no banco. Segurou Clara pelo braço e foi guiando-a pelo caminho. Antes de entrar na casa, disse-lhe:

– Não sou supersticioso, mas vamos entrar com

o pé direito. Você não quis ser carregada... tudo bem. Eu sou compreensivo. Veja, este será nosso lar daqui pra frente.

Clara se espantava a cada minuto de convivência com aquele doido. Ele, realmente, achava-se bom e tolerante... O que deveria fazer? *"Se ele pensa que vai me dominar como daquela vez, está muito enganado. Prefiro morrer a passar por tudo novamente".*

Então, decidiu o que fazer:

– Preciso voltar para o carro. Esqueci minha blusa lá no banco e estou com frio.

– Vamos juntos. Está muito escuro, e você pode tropeçar.

"Miserável... o que eu queria mesmo era pegar o revólver..."

No carro não havia agasalho algum. Jairo compreendeu e ficou furioso.

– Não gosto que me façam de bobo. Você não tinha droga nenhuma de blusa. O que queria? O revólver? Então era o revólver que queria? Enquanto eu me preocupo com você, com seu bem-estar, você quer me matar? – E caiu na maior gargalhada.

Ainda rindo, pegou o revólver do banco. Apontou para Clara. *"Afinal, chegou a minha hora. Melhor isso do que ficar nessa casa com ele. Aramis... adeus. Desculpe-me por não tê-lo feito feliz".*

Depois, fechou os olhos e começou a orar em voz murmurada.

Jairo ria enquanto ouvia a prece de Clara. Aproximou-se mais dela. Encostou a arma em sua testa.

– Você, além de muito bonita, é também muito corajosa. Abra os olhos. Pensa que vou atirar em você? Por quem me toma? Tanto trabalho até aqui e agora vou matá-la?! Se liga, mulher!

Clara abriu os olhos. A vida brincava com ela. Persistia em lhe agasalhar a alma, e ela queria o descanso da morte.

– Agora, vamos. Não invente mais nada.

Voltaram em silêncio. Jairo a segurava fortemente pelo braço.

– Vou acender o lampião.

Por todo canto, só se viam teias de aranha. Baratas saíam em disparada. A cozinha, na maior desordem, exalava um cheiro azedo. Panelas por todo canto, pratos empilhados, sujos. Do teto pendiam picumãs, como lágrimas negras de algum espectro sofredor. Um fogareiro sobre uma mesa desconjuntada e duas cadeiras.

– Não repare. Comprei esta casa há pouco tempo. Não tive tempo pra fazer limpeza. Venho aqui às vezes. Mas sem você, não tem graça.

Clara ficou mais enojada quando ele lhe apresentou o quarto: a cama era de ferro preto, descascado. O colchão, com manchas emboloradas. Cheiro execrável.

A um canto, um caixote servia de aparador. Sobre ele, uma moringa ressecada. Emborcada sobre esta uma caneca de ágata verde.

Em uma cadeira de palha trançada, também pródiga em teias de aranha, descansava uma velha bíblia. Era toda a mobília. O piso era de cimento e estava inacabado.

Clara teve medo de perguntar pelo banheiro. Olhou ao redor para identificar mais algum cômodo, que poderia ser o que procurava. Mas a casa terminava ali. Apenas a cozinha e o quarto.

– Gostaria de ir ao banheiro. Onde fica?

– O banheiro? – e pôs-se a rir. – Depois, arrependido, desculpou-se.

– Ainda não temos banheiro...

– Então...

– ... toda necessidade tem de ser feita no mato. Mas fique tranquila, logo vou providenciar um banheiro bem confortável. Você merece.

"Creio que você não terá tempo para isso, seu louco desprezível. Mas essa é a oportunidade que esperei. Você verá, seu canalha, do que uma frágil mulher é capaz" – pensava.

– É que eu preciso ir ao banheiro.

– Tem medo do escuro?

– Você pode me emprestar esta sua lanterna?

– Espere só um pouco. Primeiro, vou acender mais velas e lamparinas. Não gosto de escuridão. Hoje, esta casa tem de estar iluminada, porque recebe minha rainha.

No rosto de Jairo a preocupação se fora, cedendo lugar à alegria. Corria de um lado a outro, acendendo velas e lamparinas.

Clara pensava no próximo passo. Prestara muita atenção na estrada vicinal que ele pegou depois que saiu da rodovia. Não rodaram muito, uns cinco quilômetros, no máximo. Seria capaz de retornar à rodovia e pedir carona? Tentaria. Outra solução não havia.

Depois de acesas as velas e lamparinas, Jairo lhe deu a lanterna.

– Não se afaste muito da casa. Tem muito bicho noturno andando por aí. Já ouviu falar do saci? Pois é. Já vi muitos por aqui. *"Bem, está escuro, ela não será tola em querer fugir"*.

Ela bem sabia que ele tentava apavorá-la a fim de que ela não se afastasse em demasia.

– Não estou com medo.

Depois, pegou a lanterna e se afastou devagar. *"Nada de precipitação. Ele deve estar olhando. Vou procurar iluminar apenas o chão, lá adiante, apago a lanterna, assim, ele não verá eu me afastar em direção à estrada, porque é isso que vou fazer."*

Quando já estava a uma distância que achou

razoável, pôs-se a correr. Quanto mais corria, mais vontade tinha de correr. Parecia Hermes, da mitologia grega; o deus que tinha asas nas sandálias.

Jairo pegou uma vassoura e começou a limpar a casa. Depois de algumas vassouradas, foi até o carro, pegou uma sacola com as compras que havia feito antes de sequestrar Clara: uma garrafa de vinho tinto, um pote de picles, pão, batata e comida.

Acendeu o fogo e pôs água numa panela. Faria um macarrão com molho à bolonhesa com bastante queijo por cima. Só de pensar, a boca se lhe encheu de saliva. Lembrou que só estava com o café da manhã.

Olhou seu relógio. Mais de vinte minutos que Clara saíra. Já era mais que tempo de ter voltado.

– Fui um imbecil. Deveria ter ido junto. Será que ela teria coragem de sair por aí com uma escuridão dessa e sem saber onde está?

Deu um murro na própria cabeça.

– Ela seria capaz.

Tirou a panela do fogo, pegou o carro e foi atrás dela. Olhou pelos arredores da casa onde ela poderia ter ido. Nada.

– Desgraçada! Só sabe me causar transtornos. Ah, quando eu puser as mãos nela! Ela vai ver o que é bom. Até aqui quis ser cavalheiro. Nem abusei dela... tratei-a como a uma donzela... e é isso que recebo em troca? Malditas mulheres! São todas traiçoeiras! A Leyla me fez a mesma coisa. Leyla... Onde estará ela? Será que ainda se lembra de mim? Mas Clara é muito mais bonita do que ela...

Clara percebeu os faróis do carro. *"É ele! Meu Deus, o que faço? Ele me alcançará em poucos minutos"* – E apagou a lanterna. Por sorte, a Lua desembaraçou-se das nuvens e clareou seu caminho.

No desespero, embrenhou-se mata adentro. Rezou para não encontrar nenhum bicho.

Então, compreendeu que havia perdido completamente o rumo e não sabia onde estava a estrada vicinal.

Jairo também não sabia mais onde procurá-la. Imaginou, acertadamente, que ela se perdera no mato. No dia seguinte, ele a procuraria e a traria de volta, ainda que fosse puxada pelos cabelos, como faziam os trogloditas.

Clara corria, corria, enroscava-se no mato, caía, levantava-se e continuava correndo. Até que não pôde mais caminhar de tão cansada. Sentou-se em um tronco caído. Não tinha a menor ideia de onde estava.

No céu, a Lua prosseguia na sua ronda. As estrelas piscavam para ela, mas nada podiam fazer, senão iluminar um pouco seu caminho.

"E agora? Que faço, Deus meu? Será que as pilhas desta lanterna durarão a noite toda? Senhor, dê-me coragem".

Tirou forças não se sabe de onde e continuou andando.

Não longe dali, viu uma pequena luz. Seria um vaga-lume? Foi em direção dela. *"Deve ser uma casa. Vou pedir abrigo lá por esta noite"*. Caminhou por alguns minutos. Todo medo desapareceu. Os estranhos ruídos da mata mostravam que a vida palpitava em todo lugar. E, diante de tão estuante vida, não pensaria em morte.

De repente, aquela luz desapareceu. Na frente de Clara surgiu uma construção abandonada. Alguém levantara as quatro paredes, colocara parte do telhado e por alguma razão abandonara a casa. *"Mas... e a luz que vi aqui? Obrigada, meu Deus, sei que não me abandonastes"*. – Entrou e iluminou todos os cantos da inacabada construção. Não havia viva alma por ali.

Olhou seu relógio de pulso. Eram quase vinte e três horas.

Deitou-se no chão duro, na parte onde havia telhado. Fez uma prece de agradecimento. Só conseguiu dormir quando o dia estava amanhecendo.

Jairo voltou irritadíssimo para a casa.

Terminou seu jantar e foi se deitar. "Amanhã, saio pelo meio do mato e procuro aquela doida".

27

MAIS UM SUSTO

Quando harmonizados com a luz, a treva se afasta naturalmente.

Aramis não conseguiu conciliar o sono naquela noite. Era terrível demais o que havia se abatido sobre ele. Culpava-se por ter deixado Clara sozinha, propiciando seu sequestro. Depois daquele sonho com Esther, sabia que Clara era inocente.

A polícia tomava as providências cabíveis, mas era fria; lidava com aquilo todos os dias, e ele, então, não podia esperar. Voltou a procurar o pai de Jairo.

– Pelo amor de Deus, senhor Jonas, procure se lembrar onde seu filho pode estar. Ele sequestrou minha esposa... Por favor, ajude-me.

Jonas pensou, mas não tinha nenhuma ideia.

– Ele tem algum amigo por aqui? Alguém que pudesse escondê-lo? É importante, seu Jonas, procure se lembrar...

O homem vasculhou a memória.

– Olha, não sei se pode ajudar...

– Fale. O que é?

– Uns tempos atrás, ele comprou um pedaço de terra. Construiu lá dois cômodos. Dizia que depois faria uma bela casa... Pobre do meu filho, nunca foi muito bom do juízo.

– Senhor Jonas. É claro que isso é importante! Onde fica a casa?

– Não é longe daqui. Vou fazer um mapa para o senhor.

Enquanto Jonas desenhava o mapa, Aramis ligou para a polícia.

– Vou mandar uma viatura agora mesmo – disse o delegado.

Aramis pensava no que poderia Clara estar passando. *"Ela está grávida... Sinto-me tão culpado... não a apoiei, muito ao contrário, infernizei ainda mais a sua vida..."*

Clara se levantou assim que o dia clareou um pouco. Tinha o corpo dolorido. Felizmente, não fizera frio e nem chovera. A fome a deixava enfraquecida. Caminhou um pouco e ouviu barulho de água.

Um pequeno riacho passava lá embaixo.

Ela desceu um barranco íngreme, com medo de escorregar e rolar, mas a lembrança daquela luz que a conduzira à casa inacabada deu-lhe forças: *"Não estou sozinha, tenho certeza. Os bons Espíritos estão me ajudando. Aquela casa... não a teria encontrado sem a ajuda deles".*

Conseguiu chegar até o riacho. Suas águas eram limpas. Ela tirou a roupa e se banhou. Tomou daquela água e sentiu que a fome diminuiu.

Depois, seguiu pela outra margem. Caminhou cerca de vinte minutos e... não! Mal podia crer que estivesse ouvindo mugidos.

Correu em direção àqueles mugidos e deu de cara com uma cerca de arame farpado. Pensou em entrar. Seria fácil; só levantar a última carreira de arame e passar por baixo. Mas poderia ter cachorros.

Então, foi seguindo a cerca; contornou-a e se deparou com um portão. Estava na frente de um sítio e podia ver ao longe uma estrada vicinal. *"Graças, meu Deus! Devo-Lhe mais esta"* – pensou, já sorrindo por dentro.

Bateu fortemente um sino dependurado no portão. Nunca nenhum som foi-lhe mais agradável do que aquele.

Ninguém atendeu. "Onde estarão todos?"

Esperou um pouco mais, quando um cão enorme veio correndo e latindo para ela; a baba já escorrendo por entre os dentes.

"Estou morta! Fugir de um débil mental, perder-me no mato, dormir no chão duro... e acabar morta por um cão feroz... Deus, ajude-me".

Então, teve uma ideia: Abaixou-se, pegou um pedaço de pau e simulou que o arremessaria no cão. Este, que já tentava passar por debaixo da cerca de arame, recuou. Ela, então, acendeu a lanterna e focalizou os olhos dele.

Dali a instantes, correndo, chegou um homem. Atrás dele, uma mulher, e atrás da mulher, um bando de crianças. O homem gritava:

– Passa, Salazar! Passa já daí. Já chega. Volte lá pro quintal, seu cachorro idiota!

Clara estava tremendo. Ainda segurava com força o pedaço de pau em uma das mãos e a lanterna na outra.

– Mas quem é a senhora? Como veio parar aqui?!

– Eu... eu... – Clara não podia falar. Estava sem voz pelo susto.

– Salustiano, não seja tão insensível, homem de Deus! Não vê que a pobre mal consegue ficar em pé?

As crianças levaram Salazar e o prenderam no quintal. O cachorro ainda estava meio grogue por causa da luz nos olhos.

– Desculpe, dona, mas não sei como a senhora veio parar aqui – disse Salustiano – Mas entre... acabamos de ordenhar as vacas. A senhora está com cara de quem não come há muito tempo. Entre. Depois que comer, conte o que está acontecendo.

As crianças, cinco ao todo, ficaram ao redor de Clara.

– Olha aqui, ô mulecada! Não têm o que fazer é? Xô, xô, vão dar milho pras galinhas. Lavem a boca suja de espuma de leite. Que porcos!

Mas as crianças não arredaram pé. Passaram a manga da camisa pela boca e continuaram ali. Não perderiam por nada aquela história. Ali, naquele fim de mundo, nunca acontecia nada, e agora... aquela mulher tão bonita...

– Deixe as crianças, Salustiano. Tem tempo pra dar milho às galinhas – disse a esposa Zezé.

As crianças olharam agradecidas à mãe. Salustiano concordou. Haveria outro jeito?

Zezé pôs na frente de Clara uma broa de milho, um bule com café e uma jarra de leite. Depois, perguntou:

– Qual é seu nome, moça?

– Clara. E o seu?

– Maria José, mas pode me chamar de Zezé, como todos me chamam. Meu marido é o Salustiano. Essas crianças são nossos filhos: Salustiano Júnior, Frederico, Eleonora, Silmara e o caçula Leandro. Cumprimentem a moça, seus bichos do mato.

As crianças sorriram timidamente, mas nada disseram.

– Olhe, nem sei como lhes agradecer. Não fossem vocês, eu estaria perdida.

– Bem, agora pode nos contar como veio parar aqui?

Clara começou a contar. Todos ouviam, surpresos e indignados.

– Isso é mesmo o fim do mundo! Vou levar a senhora pra cidade. Lá na polícia – disse Salustiano.

– Nem sei como lhes agradecer.

– Agradeça a Deus, dona Clara. Olhe, é difícil acreditar!

– Seu marido deve estar desesperado – disse Zezé.

Aramis estava na viatura, seguindo em direção à casa abandonada, quando seu celular tocou.

– Aramis?

– Clara! Onde você está?!

O guarda, ao ouvir que se tratava da sequestrada, parou no acostamento. Aramis estava tenso.

– O que lhe aconteceu? Pelo amor de Deus, diga-me, você está bem?

EPÍLOGO

O chamado acaso é a mão de Deus norteando passos.

Jairo foi condenado pelo sequestro de Clara e pelo assassinato de Andrezza.

Um condômino do prédio o reconheceu. Tão cedo, ele não deveria deixar a prisão.

Na sua esquizofrenia, ele culpava Clara por não tê-lo amado. Culpava também Leyla e todas as mulheres do mundo.

Aramis estava tão feliz com o regresso de Clara sã e salva, que resolveu não tocar mais no assunto da gravidez.

Na primeira oportunidade levou Clara à casa espírita. Ela já conhecia alguma coisa da doutrina por meio de Cláudia. Também já lera muito sobre o assunto.

Uma manhã, Aramis acordou feliz:

– Esta noite, sonhei com nossa pequena Júnia.

– Desde que engravidei, parece que sempre a tenho do meu lado. Mas o que você sonhou?

– Sonhei que ela...

Aramis parou. As lágrimas embargavam-lhe a voz. Clara abraçou-o, também emocionada.

– Sonhei que ela vinha até mim e me abraçava. Depois, beijava-me e dizia que, muito em breve, estaríamos todos juntos...

– Aramis! Tem certeza? Foi isso mesmo que sonhou?

– Foi. Só que não parecia sonho. Assim que ela me abraçou, lembrei-me de minha amiga espiritual, que tanto me reconfortou na época dos terríveis pesadelos.

– Eu sei, eu sinto que é Júnia que volta, sim. E, desta vez, para viver muito! Sei também que é ela a entidade amiga que jamais se afastou de nós e que o amparava nos seus pesadelos com a forca.

De repente, Aramis ficou triste. Não era justo que sua querida menininha viesse ao mundo em consequência de um estupro. Não! Não via justiça nenhuma nisso. Então, o desgraçado do Jairo havia conseguido, em uma única vez, o que ele vinha tentando, há tanto tempo, sem nenhum resultado?

Clara percebeu seu tormento.

– Aramis... precisamos acabar com este tormento.

Vamos fazer o exame de DNA. Você verá que a criança é sua. É nossa. Eu sinto que é... Mãe não se engana.

– Mas é possível fazer esse exame antes de a criança nascer?

– Disseram-me que sim. Vou me informar mais detalhadamente.

– Não, Clara. Não precisa. Agora, que estamos indo ao Centro, passei a compreender melhor os desígnios de Deus. Aprendi mais sobre a vida e a morte e não quero mais pensar nisso. Acho que prefiro ficar na dúvida. Você já decidiu não fazer o aborto... Está certo. Vamos deixar tudo como está.

– Desculpe-me, Aramis. Mas jamais atentarei contra a vida. No início, até pensei nessa possibilidade, mas, graças a Deus, optei pelo bom senso. Toda vida pertence a Deus; não somos donos dela.

– De qualquer forma, será seu filho e, sendo seu filho, será também meu filho.

Beijaram-se ternamente. A paz retornava àquele lar.

Sete meses depois.

– É uma menina! – disse o obstetra.

Aramis estava filmando o parto. Conseguiu esquecer o trauma do estupro sofrido pela esposa. Aquela criaturinha, que esperneava e chorava, era sua filha. Nada mais tinha importância. As lágrimas que desciam não eram de dor ou revolta; expressavam, ao contrário, toda a alegria de sua alma.

Clara ainda dormia. Tiveram de fazer uma cesariana, embora ela preferisse parto normal.

A enfermeira limpou a recém-nascida, enrolou-a e a entregou a Aramis.

Ela parou de chorar.

Aramis observou, detalhadamente, suas feições. Era a cara dele.

"Meu Deus! É mesmo a minha Júnia que volta. Clara, bendita seja você, que não abortou a nossa filha" – pensou, enquanto novas lágrimas desciam-lhe rosto abaixo.

Ao acordar, Clara viu a filha nos braços de Aramis.

– Clara, veja, é minha filha! É a minha cara. É a cara da Júnia... É...

– ... é a Júnia! Eu sei que é!

Clara pegou a criança e a beijou. Impossível descrever a felicidade que sentia. Toda a dor dos últimos acontecimentos empalideceu.

– Aramis... o exame de DNA já deve ter ficado pronto.

– Você me forçou a fazê-lo, mas não havia mais necessidade. Nem preciso vê-lo. Sei que ela é minha filha. *"Ah, meu Deus, como fui cego!"* – e rindo – acrescentou: "Está na cara!"

– Sei que você não queria fazer o teste, mas acho que nenhuma dúvida deverá haver. Não o censuro. Mesmo eu, no início, tive dúvidas.

– Vamos esquecer essa nuvem negra que pairou por algum tempo sobre nossas cabeças.

A enfermeira entrou com um envelope e o entregou a Aramis.

Era o resultado do exame de DNA. Com mãos trêmulas, abriu o envelope.

A filha era dele.

No ano de 1963, **FRANCISCO CÂNDIDO XAVIER** ofereceu a um grupo de voluntários, o entusiasmo e a tarefa de fundarem um Anuário Espírita. Nascia, então, o Instituto de Difusão Espírita - IDE, cujo nome e sigla foram também sugeridos por ele.

A partir daí, muitos títulos foram sendo editados e o Instituto de Difusão Espírita, entidade assistencial, sem fins lucrativos, se mantém fiel à sua finalidade de divulgar a Doutrina Espírita através da IDE Editora, tendo como foco principal, as Obras Básicas da Codificação, sempre a preços populares, além dos seus mais de 300 títulos em português e espanhol, muitos psicografados por Chico Xavier

O Instituto de Difusão Espírita, conta, também, com outras frentes de trabalho, voltadas à assistência e promoção social, como o Albergue Noturno, evangelização, alfabetização, orientação para mães e gestantes, oficinas de enxovais para recém-nascidos, entrega de leite em pó, vestuário e cestas básicas, assistência médica, farmacêutica, odontológica, tudo gratuitamente.

Este e outros livros da **IDE Editora**, subsidiam a manutenção do baixíssimo preço das **Obras Básicas, de Allan Kardec**, mais notadamente, **"O Evangelho Segundo o Espiritismo"**, edição econômica.

OUTRAS OBRAS
DA AUTORA ▸ **LOURDES CAROLINA GAGETE**

Homens & Almas
Lourdes Carolina Gagete

A mediunidade é inerente ao Espírito encarnado desde os primórdios das civilizações. Com base nesse tema, num desenrolar leve e ao mesmo tempo arrebatador e envolvente, a renomada autora nos oferece mais um romance, desta feita, vivenciado nos tempos do Brasil Colônia. Época em que as incontáveis superstições, as crendices e as arrepiantes e fantásticas narrativas ao anoitecer acabavam por se confundir com os verdadeiros casos de aparições, materializações e outras tantas modalidades de fenômenos mediúnicos. O amor quase impossível de Maria Pia, dividida entre Santiago e Tomaz, o segredo das índias Noêmia e Jandira, a doença de um menino... a morte pela ganância do ouro, a vida dura e sofrida dos tropeiros, a vidência de Ângelo... acupidez de Tenório, as aparições de Espíritos perturbadores e o auxílio dos Espíritos do Bem... É o Brasil, desde o seu início, preparando-se para receber, de maneira natural e receptiva, a consoladora Doutrina dos Espíritos.

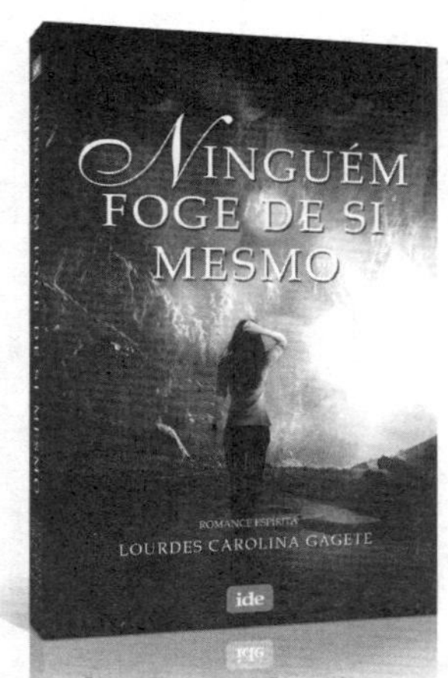

Ninguém Foge de Si Mesmo
Lourdes Carolina Gagete

Assim que abriu os olhos, sua esperança de que tudo acabaria desapareceu. As dores que sentia eram ainda maiores, seu choro era compulsivo, e a angústia que estava em seu peito se multiplicou algumas vezes. O remorso pelo que havia feito ainda assombrava a sua consciência. Como fora capaz disso? Esfregava suas mãos em seu corpo, em seus braços, em seu rosto, como se tentasse arrancar a própria vida de sua morte. A confusão em sua mente crescia instante após instante e, à medida que tentava encontrar refúgio em meio ao caos onde se encontrava, sentia-se cada vez menor, mais abandonada e sozinha. Não havia onde pudesse se segurar ou se socorrer.
Cecília, só queria morrer... De novo...

OUTRAS OBRAS
DA AUTORA ► **LOURDES CAROLINA GAGETE**

Quando Renunciar é Preciso
Lourdes Carolina Gagete

Precioso romance que, já no seu início, nos revela como se dá o processo de inspiração da autora que, magistralmente, desfila diversos personagens, comprometidos por erros de passada encarnação.
A viagem da adolescente Thereza, para cuidar de sua tia Janice, viúva e alcoólatra, a expulsão de Luzia, por sua infidelidade para com seu marido Severino, o misterioso porão, habitado por Espíritos infelizes, o auxílio da guerreira, iluminada entidade protetora, e o reencontro destes, e de outras marcantes figuras, são apenas alguns dos pontos mais emocionantes desta envolvente trama.
Elucidativos contatos com os diversos fenômenos da mediunidade, as leis de causa e efeito, a obsessão e a subjugação, o sofrimento dos que se revoltam com a vida e com seus semelhantes, e a importância dos passes, das preces e da leitura do Evangelho, fazem parte da tônica desta obra.

Flores Púrpuras da Redenção
Lourdes Carolina Gagete

Diante da necessidade de aprendizado e reparação de erros cometidos em anterior existência, duas almas, ainda na colônia espiritual que os acolhera, se preparam, deliberadamente, para uma nova existência.
E na vivência dos compromissos assumidos, encontramos Alejandro, Espírito mais sensível, que compreende com serenidade os enfrentamentos diários. Já Carina, por seu temperamento mais forte, sente dificuldade de compreensão e questiona a Providência Divina.
O início desta união, apenas estaria intensificando os laços reparadores para ambos, comprometidos com as chagas de um passado, fazendo brotar tempos depois, quais flores púrpuras, as marcas da hanseníase, a lhes obstruir seus sonhos presentes.

Uma Declaração de Amor
Wilson Frungilo Jr.

Tales e Nelly são os personagens.
Juntos, durante anos, protagonizaram uma vida de amor, cumplicidade e dedicação, na qual, de mãos dadas, venceram todas as dificuldades e viveram felizes. Mas a repentina morte de Nelly foi um forte abalo para Tales, criando um grande vazio em seu coração.
A imensa saudade da esposa teimava em arrefecer-lhe o ânimo e o entusiasmo pela vida, mas sustentado por enorme esperança, não aceitou que a morte os tivesse separado. O grande amor que os unia, com certeza, teria forças para derrotá-la.
E Tales atingiu o seu objetivo.
Apesar de Nelly estar agora na dimensão espiritual da vida, e ele, na dimensão da Terra, passaram a encontrar-se e a compartilharem momentos de muita alegria.
E este é o tema desta bela e emocionante história de amor, deixando-nos a certeza de que um grande sentimento nem mesmo a morte consegue apagar. Uma história que, por si só, já significa uma autêntica e terna declaração de amor.

Um Coração, Uma Esperança
Selma Braga {Mariah}

PENÍNSULA ITÁLICA, SÉCULO XVII.

A história de muitas vidas. Uma bela e inocente jovem apaixonada é levada pela sedução de um homem ganancioso, capaz de cometer os maiores pecados para satisfazer seus desejos de fortuna e poder. A sublime construção de uma família sob o signo do amor e destinada a passar por muita angústia e sofrimentos. Provações, enigmas e a constante sombra de outros tempos. O desenrolar de uma surpreendente trama, tão incrível e profunda, a envolver o passado e o presente para o alinhamento de um futuro de esperança de dias melhores.

O resgate de uma família.

Cristo Espera Por Ti
Waldo Vieira

O que parece ser o fim, muitas vezes, é apenas o início. E o que parece ser irremediavelmente um tormento, normalmente é a feliz chance do recomeço. A Lei é sempre justa, e não há como dela escapar.
Esta é a história de Charlotte diante da possibilidade de se reencarnar em um corpo masculino.
Ela sabe que deve confiar e orar para reencetar nova caminhada. Aceitar os desígnios da Lei é necessário para que possa se matricular na escola do bem.
O desenrolar de palpitante narrativa traz o desfilar de duas encarnações em uma mesma história, um misterioso "achar-se ser quem não se é", o inescrupuloso desejo pelo poder, sem a noção de que é possível aprisionar-se na própria rede ao ser tocado pelo mais sublime e envolvente dos sentimentos, o amor, quando menos se espera!
Cristo espera por ti! Jesus, o Divino Condutor, muito espera de nós!

Semente
Chico Xavier {Emmanuel}

A semente pequenina é a base da floresta. Semente de pensamentos bons. Semente de meditação. Semente de amor. Semente de compreensão. Uma simples semente que, semeada no coração e regada todos os dias, germina e faz florescer a beleza da árvore da vida e germinar os bons frutos que, ao final, voltam a nos oferecer mais sementes.

Nesta obra, Emmanuel nos oferece o aprendizado da boa semeadura para que todos possamos nos transformar num verdadeiro e real jardineiro da paz e da alegria de viver.

ideeditora.com.br

Acesse e cadastre-se para receber
informações sobre nossos lançamentos.

twitter.com/ideeditora
facebook.com/ide.editora
editorial@ideeditora.com.br

ide

IDE Editora é apenas um nome fantasia utilizado pelo INSTITUTO DE DIFUSÃO ESPÍRITA, entidade sem fins lucrativos, que promove extenso programa de assistência social, e que detém os direitos autorais desta obra.